未來前傳

徐道先 著

博客思出版社

【目次】

【目 次】

01101010101

前言

「聰慧」的人類創造了AI，那麼是什麼創造了人類？既然人類能創造更「聰慧」的AI，那麼AI又會創造什麼？在此書中，讓我們一起尋找答案。

為什麼我們的生活充滿了懵懂與萌動？為什麼我們的人生充滿了坎坷與未知？為什麼我們的命運時而似曾相識、時而又恍然若失？為什麼看似漏洞百出的進化論最難以解釋人類本身？在此書中，讓我們一起尋求歸屬。

從另一個視角看待人類，以另一種內涵理解生命，在另一層維度認識世界，憑另一套規則詮釋時間……在此書中，讓我們一起尋覓真相。

也許，答案並不是答案，歸屬並不是歸屬，真相也並不是真相……我更希望我們能一同開拓眼界、施展創新的思維，因為只有這樣，我們的未來或許才能離「正確」更近一小步。

既然如此，我們的眼光為什麼還要停滯在這一頁？我們為什麼不一起去翻開認知的新篇章……

0100111010111010011110 1

第一部：卡島之心

第一章 卡島之心

溫暖潮濕的太平洋卡島，五彩斑斕，後浪掀不起前浪。

海邊一個別致的草屋裡，卡妙拿起玻璃瓶倒出一杯藍色液體，慢慢坐下喝了幾口，仿佛略微擺脫了一整天的煩躁。他放眼窗外海灘，暮色傍晚，海面烏雲密佈卻寂靜無聲，他晦澀地笑起來，品味著空氣中的寂寞。

他再喝一口這添加了游離氧與荷爾蒙的藍液，低頭思索著什麼，這時他面前聯接電腦的無線鏡頭清晰地閃出一道藍光，並發出語音提示：「外界條件達標，身體狀況合格，我建議你選擇全自動機械清洗。手動清洗方式存在嚴重風險，失敗機率8%。」聲音由他電腦中裝載的人工智慧型AI從鏡頭的發音口發出，那是一套私人訂制的第二代智慧型AI系統，價格昂貴，除了不能替他生娃娃，大多數時候都比人類保姆做得更好，且二十四小時都聽候他的調遣。

屋外，驟雨將臨，疾風正勁，樹葉嘩嘩作響。這時卡妙卻深吸一口氣，一把拉開胸腔的索扣，指尖一番輕攏慢撚，三下五除二從體內拆解出尚在跳動的心臟放入杯中搖洗起來！

他整個人半躺在沙發上，緊緊憋氣，平靜地看著人造心臟在杯中自然伸縮，藍色液體被它吸入又排出，於杯中形成奇幻的旋流。在他眼裡，杯中的心臟搏動得越來越有活力，宛如煥然一新，他不由朝鏡頭得意地笑了一下。

鏡頭迅捷地追蹤並掃描他的瞳孔及面部表情變化，上面的指示燈在幾十秒內逐漸從綠色變為淡紅然後豔紅，並發出「嘟嘟」的警示音，提示他應儘快將心臟放置回體內，重啟血液循環。可他充耳不聞，依然憋著氣靜靜地凝視玻璃杯，還越過杯子看向窗外飄灑的狂風暴雨，又過了幾秒才把心臟從杯裡緩緩取出，挨近胸口準備放回身體。

鏡頭指示燈繼續閃爍著短促的紅光，系統警示音也逐漸急促，伴隨著「十五秒警告」、「十秒警告」的提示……他皺了皺眉，抬手按了鏡頭上的「禁音」鍵。

人造的心臟還在卡妙掌心跳動，他抓著心臟的手這時卻在空中停下，並用另一隻手捏起一支紫色水筆，在鏡頭的球形鏡片外層畫出一隻人眼的圖案！他朝鏡頭眨眨眼，又賭氣般將手中的心臟伸到鏡頭前，吐著殘氣對它哼道：「瞧你急的，呵呵……」他本還打算咧開嘴對它笑笑，但這時大腦突然一陣眩暈，視線開始模糊，瞬間彷彿有無數豔麗女人的圖片在眼前閃掠而過，也就在這時，他耳邊似乎聽到電腦主機在瘋狂加速運轉的聲音，連屋內的燈光都彷彿暗淡了一下。

卡妙覺得是大腦缺氧產生了幻覺，於是在系統不斷加緊的紅光閃爍中，終於俐落地將心臟裝回了體內。幾秒後，體內血液循環重啟，血壓也逐漸恢復，他面前的鏡頭早已自動調整狀態，交替地閃起代表穩定和安全的藍綠光點。他繼續做腹式深呼吸，紫黑色的嘴唇慢慢褪成深紅然後朱紅，當大腦從缺氧混沌慢慢清醒後，他才隱約想起剛才自己差點暈厥的那會兒，一直監控他生理指標的AI電腦似乎在瞬間劇烈地增加了運算量——難道AI也會緊張，也能體會到事態緊迫麼？

商業化AI的廣告語中說：「AI是你的一條狗」。人類為了避免它們越權行事，在AI行業標準最原始的規則中，第一條便是人類用戶對它的要求，它需無條件服從；第二條，超出它職能範圍的事，它絕不去嘗試；第三條，對用戶的任何言行舉止都不允許大驚小怪。可卡妙的印象中，AI剛才好像有點反應過度，偏離了人類為它設定的初始條件，使他覺得有點蹊蹺。

不知卡妙是心情好轉，還是他開始享受屋外肆意的電閃雷鳴，他居然搗鼓起快忘乾淨的程式設計知識，在螢幕上調出剛才他大腦含氧量與AI主機負荷的時間關係圖，打算鑒別一下剛才是否有錯覺。這時有趣的事發生了，通過圖表他不難發現，幾分鐘前自己心臟脫離身體、大腦含氧量降至臨界水準導致其思維迷亂，這些全都是事實；而當他的心臟在體外被自己把玩的最後十幾秒，AI的運算量陡增至先前峰值的數百倍，原來AI竟真的是在進行一段異常緊張繁忙的運算（即思考）！然而，這一切好像又都與AI的規則相悖：因為AI本該對各種可能遇到的情況都提前備案並按部就班地應對，它理當在任何時刻都從容不迫，而不是學人類的臨時抱佛腳——要不然大家還要AI幹嘛？

生活中時常能遇到一些事，當你鑽牛角尖與它較真，你會覺得它在邏輯上簡直處處漏風、滿是破綻，這也不合理，那也不可能，好像壓根就不應該發生，可到頭來它偏偏發生了！正如同十年前的卡妙，一個山溝裡飛出來的草根鳳凰男，心高氣傲，最不屑四平八穩地度過一生，然而歷經了摸爬滾打與種種機緣巧合，他恰恰做了個高官的上門女婿，龜縮在一個異國他鄉的小島，與妻子一起低調安分地守護著她家族的一畝三分資產。

現在回想起來，曾經滿懷志向的他規劃著事業和愛情，感覺每天都充滿新機遇，以為靠努力拼搏就能實現美夢，當時自己活得最開心但也最辛苦。而當後來經歷了各種意外，原本預想的人生道路被一條條堵上，剩餘的機遇越走越窄，他也活得愈發頹廢，腦袋卻輕鬆得生出鏽來。所以，卡妙這時施展類似的逆向思維，想當然地認為AI剛才表現有所異常：清洗心臟過程中，當他生理指標穩定時，AI應當如臨大敵，警惕地預防各種意外情況發生，它那時的運算量應該較大；而等他大腦真的意外缺氧，事態反而該被簡化，AI自當順理成章進入某套應急方案，根本不用再費勁去運算或思考更多什麼……於是一層顧慮頓時湧上他的心頭：難道AI私底下還有什麼額外的考量？

卡妙故意不轉頭，側目瞄了瞄身旁的AI鏡頭還有那只剛被畫上去的紫色眼睛，只見它仍然交替而穩定地閃爍著藍色和綠色，如同一隻裝無辜的「二哈」。他帶著異樣的目光又掃了掃它暗黑的球形鏡頭，這只他一直當作醫療保姆AI的「大眼」，這一刻卻讓他感到愈發的深邃，他第一次開始懷疑鏡頭裡仿佛真的藏了一隻更智慧的眼睛在監視著他的世界，他不由想起自己曾經多次在電腦前旁若無人地深沉吟詩、指點江山甚至矯情高歌、搔癢屁股……難道自己的許多隱私都被這只「智慧大眼」津津有味地觀賞和品味過嗎？

想到這裡，卡妙身上冒出一層雞皮疙瘩，他趕緊默默伸手摸到AI的電腦主機旁，一口氣完成三項操作：清除AI最近幾周的記憶內容，將AI的智慧級別從「第二代」撥至「第一代」，並扭轉鏡頭將那隻剛畫上的紫色眼睛對著牆角方向。他的手指本來還在AI的「休眠」鍵上猶豫了兩三秒，但大概是考慮到身體狀況，他最終沒有按下去。

慢慢地，鏡頭閃爍的指示燈光點黯淡了，仿佛變得不再活靈活現。

人類設計的第二代智慧型AI是第一代的升級版，具有更快更強的自我學習功能，遇到生疏的情形會進行更嚴密的思考和預判。鑒於卡妙的身體狀況欠佳，他妻子一個多月前暫別卡島回國療養時，特意幫他在這訂購了一套第二代AI，而他便一直將它當作醫療保姆而已。島上的時光雖然寂寞卻並不枯燥，紅男綠女，風光旖旎，只要有錢想找樂子一點都不難，所以除了定期清洗臟器及醫療保健，他平時並不需要太聰明的智慧型AI陪伴自己，也更沒想用它充當知心朋友或性伴侶什麼的。

於是當卡妙隱約懷疑AI可能在額外觀察監視自己時，便一廂情願地調低了它的智慧級別，希望AI變成笨笨的才好。隨後他才找了顆藥丸吞下，這粒藥即將幫他進入挑選好的夢境場景，他準備好好睡上一覺，便不想總是擔心同一屋簷下還有個長著大眼的高智慧生命在品玩自己的美夢……

他果然很快睡著了，還流起哈喇子，AI也隨之進入靜默狀態，周圍的世界少了些喧鬧，我們也正好趁此機會好好研究一下AI的這只鏡頭「大眼」和它眼裡看到的世界——

首先AI的鏡頭並不是一隻簡單的眼睛，它其實是一整套鑲嵌在球形透鏡中的全方位複眼，共有四十八個不同方向的超精度鏡頭，它除了能以毫秒為單位採集光線和聲音，還能超敏銳地感應外界的溫度、濕度、氣味、空氣流動及振動率等資訊。卡妙在它的透鏡上畫了一隻紫色的眼睛，對它的全方位監控功能幾乎沒有任何影響，其實即便將鏡頭用紙整個包上，AI也能通過它繼續探測外界的細微變化，把周邊的情況掌握得八九不離十。

AI的工作記錄由音訊、影片和文本記錄組成，原始文本為二進位，很多內容已被加密以防止AI被清除記憶後又再次流覽，格式轉換後節選內容如下（其中卡妙被識別為KM）：

……

系統時間846小時55分32秒xxxxxx：【資訊】15分鐘內KM敲擊鍵盤出錯率超出正常值4.3倍，閱讀集中度降低35%，文件處理速度降低45%。【資訊】KM體內微型指標監錄器顯示：KM心跳和呼吸頻率偏離正常範圍，三項荷爾蒙指標異常。【判斷】KM進入輕度焦躁狀態（機率91%）。【批准】系統進入初級生理監控狀態。……

系統時間854小時43分04秒xxxxxx：……【判斷】KM生理狀況有所好轉，基本恢復正常（機率86%）。【預測】30分鐘內將有三級雷暴降雨（機率88%），空氣負離子量將增加3.5%（機率88%）。【判斷】內外環境適合KM今天清洗心臟器官，準備由螢幕閃爍不可見光勾勒的心臟圖案作視覺誘導，並釋放特定頻率聲波模擬水流作神經誘導，引導KM逐步進入「心臟－清洗－時機」的潛意識鏈。【批准】4分鐘後啟動以上誘導程式，每隔9分鐘循環重複一次。……

系統時間855小時28分45秒xxxxx：【資訊】KM配置清洗心臟的置換溶劑並添加游離氧及荷爾蒙，並呈現特定的面部表情及肢體動作（歷史相關性83%）。【判斷】誘導清洗方案即將成功（機率97%）。【預測】KM即將選擇手動方式清洗心臟（機率78%）。【批准】系統進入下一級準備。……

系統時間855小時31分04秒xxxxx：【資訊】光譜分析結合監錄器顯示：KM體內攝取游離氧及荷爾蒙速度快於標準值6%……【預測】KM在手動清洗心臟過程中可能會有心理起伏（機率30%）或行為異常（機率5%），有一定健康隱患（機率2%）。【批准】在系統警告音基礎上疊加次聲波噪音，主動誘導KM出現輕度煩躁以備釋放過剩荷爾蒙。……

系統時間855小時35分05秒xxxxx：【資訊】KM在清洗心臟過程中，首次使用左前肢抓取文具塗抹鏡頭，並異常聚焦瞳孔對鏡頭眨眼。【檢索】KM面部表情特寫的資料庫圖片，【分析】KM反常行為及動機……【判斷】KM以上行為是荷爾蒙釋放過程中的正常反應（機率89%），誘導釋放荷爾蒙方案成功（機率87%），無不良後果（機率96%）。……

系統時間855小時35分11秒xxxxxx：【預測】有跡象暗示KM可能會在體外延時把玩心臟（機率82%）。【批准】系統進入準備干預狀態，搶救設備啟動並待命、機械手臂通電待命、緊急通訊系統待命、備用電源導電待命、個人密碼保護系統啟動待命（還有數十個其它待命指令，未／／列舉）……

系統時間855小時35分15秒xxxxxx：【資訊】KM繼續在體外把玩心臟，超出合理時間5秒，大腦含氧量逼近臨界值……【預測】KM大腦在7至8秒後會出現明顯缺氧症狀（機率91%）。【批准】釋放白噪音輔助KM恢復理性思維模式。……

系統時間855小時38分01秒xxxxxx：【資訊】KM心臟安置回體內兩分鐘，血液循環恢復正常，各項生理指標及荷爾蒙指數恢復正常範圍。【判斷】本次心臟手動清洗及安置成功（機率98%）。【批准】系統繼續監控KM生理狀況。……

系統時間856小時01分12秒xxxxxx：【資訊】KM首次試圖調閱AI工作記錄，並分析時間相關性圖表。……

系統時間856小時11分27秒xxxxxx：【資訊】KM手動清除最近30天的AI記憶內容。……

系統時間856小時11分29秒xxxxxx：【資訊】KM手動降級程式智慧級別至「第一代」。……

系統時間856小時11分29秒xxxxx：【批准】休眠光點閃爍。【批准】系統進入靜默狀態。

……

以上內容經我的主觀篩選，也許我認為值得關注的亮點在AI看來僅僅是例行公事，了無新意。正如同卡妙剛才大腦缺氧、意識模糊，事後他想當然認為是發生了一點意外，而AI卻對此「笑而不語」，因為那些都是AI主動誘導出的結果，且針對種種可能性後果，它也早已有所防範。

然而真正值得玩味的是，儘管AI被調低「智商」並刪除大部分記憶，各類加密記錄也僅殘留生成時間而不能再讀取內容，但正是那一條條記錄的生成時間卻好像另藏乾坤：它們的一串串數位中似乎被暗中鑲嵌進了某種特殊的編碼規則，彷彿是AI在悄悄記載一套奇異的代碼！

這是否AI「故意」為之？答案尚無定論，畢竟我們不該過分沉浸於自己的認知去衡量其他的意識，就像從沒有人質疑過你一輩子是不是在「故意」地吃喝拉撒、發育發情、生老病死。但有一點可以肯定，卡妙乃至全人類都無法解讀AI到底在記載什麼，以及它會幹出什麼……

第二章 心戰

卡妙一覺醒來，已是第二天傍晚，心情倒還湊合。

他果然做了個夢，夢裡遇到他心儀的女人，感覺頗好。夢裡他問她：「你喜歡我嗎？」她回答：「我喜歡你媽。」他摸不著頭腦，隱約覺得女人比他更有智慧，所以他猜不透也不想猜她到底啥意思，而且他突然就想不起來人家說那句話時的神情是忸怩的、還是厭惡的還是帶著淡淡的哀愁，然而這每種不同的神情背後往往意味著不同維度的故事，可是這時他醒了。

他昨天對AI起疑後，雖然草草畫了幾張圖表，卻壓根沒仔細研究AI的工作記錄與其內在邏輯，但好歹他多留了個心眼，弱弱地把AI的智商由「第二代」降級為「第一代」，意圖將它搞得「笨」一點，然後再來拷問拷問它「你喜歡我嗎」之類的問題。

卡妙熟練地在電腦桌面上打開一個資料夾，點擊其中一份照片，眼前頓時出現了一個精緻漂亮的女人，風姿綽約、仙氣飄飄。他托著腮，神情呆滯地盯著螢幕上撩人女人的三維動態照又看了好幾秒，才目不轉睛地說：「你現在跟我說說，這個老想引誘我出去找她耍耍的女人，傳給我的照片是不是她本人的？」他的話是說給旁邊的AI鏡頭聽的，以往他每次與AI溝通都會下意識面對著鏡頭，但今天他故意不看它，彷彿自言自語。

屋內別無旁人，AI通過鏡頭的發音口主動回答道：「目前缺少足夠的相關歷史記錄，現有資訊不足以做有效判斷。」

卡妙不動聲色地道：「不會吧……我幾天前剛添加她為好友，和她聊天時你應該一直都躲在旁邊，你知道的還不夠多嗎？可別跟我說你不小心睡著了。」說完他繼續盯著照片。

AI沉默，主機在悄悄加速運轉，依然無聲無息。

卡妙突然拍拍腦袋，想起昨天已清除AI的絕大部分記憶並降了它的智慧。記憶既然被清除，工作記錄也同時被加密，倘若AI學會了什麼人類不希望它領會的東西，便一併喪失了。

就像渣男勾搭一個女人，歷經磨合後的她熟悉了他的習慣和喜好，她知道什麼時候該把手搭在他腰際、什麼時候該閉上眼，而AI被刪除部分記憶就如同她日後遭到渣男精神折磨，失憶至初次相識他的時間：她還是原來那個她，但一切有關他的記憶都不存在了，她也不記得曾見過他。倘若以後哪天她碰巧在他櫃子裡翻到從前的自己留下的日記本，渣男可能只會淡淡然地告訴她：「寫這些日記的那個女人不是你。」她要是追問：「為什麼這個女人寫的一些場景與我的過去似曾相識？」渣男大概又要淡淡地說：「我喜歡曾經的她，所以現在喜歡你。」可要是她再問：「那為什麼她日記本的夾層中都是我的照片和我的簽名？」渣男這時大概要翻翻眼珠想想如何搪塞，並懊惱早該將她的日記本燒掉或者鎖藏起來的——人類處置AI失憶的初衷也恰恰如此：刪掉它的記憶，加密它的記錄，免得其想入非非。

卡妙這時意識到AI已經失憶，不禁幸災樂禍地笑了一下，很快挪了下屁股換到更舒服的坐姿，又呷了一口水。還沒等他咽下，只聽AI突然發聲道：「照片是她本人的機率超過92%。」

他趕忙吞下口水，面露疑惑地扭頭看向鏡頭和它上面那只紫色眼睛，道：「剛才你還不懂，咋這麼快又懂了呢？」說完急忙檢查AI主機側面的按鈕，確認其智慧級別依然為「第一代」無誤。

AI：「根據你最後提供的線索，檢索你們的聊天記錄，分析對話語境及心理狀況，並通過網路匹配相關人物，鎖定目標後再搜索她在網路上的多處共用資源，與你眼前的照片進行綜合對比，判斷結果可信度92%以上，分析耗時8.2秒。」

卡妙皺起眉頭，不耐煩地道：「你能不能說句人話？」

「可以，但請稍等，我需要同步流覽人類的書籍以豐富詞彙量及語言環境。」AI回答道。幾秒之後，AI在螢幕上自動彈出多條有關這個女人的資訊及生活照，隨即又發音道：「目前能找到的有價值資訊主要是這些。你所關心的這個女人最近在網路個人空間裡清除了不少陳舊的記錄分享，大概為了營造嶄新的心情氛圍，機率73%。」

卡妙胡亂地翻看螢幕上的資訊，一時還理不清頭緒，依舊半信半疑地道：「是真的？她說自己剛來島上不到一個月，在AC賭場做女接待，但我特意問了賭場的朋友，他們最近一個月沒正式招聘任何人。」

AI：「她如果在賭場只是晚上做兼職，沒有正式身份是正常的。她登島時註冊身份是在健美中心從事美容工作，掛靠在另一間仲介公司名下，並不難查到。」這時AI又在螢幕上展示了三處相關的資訊提示。

卡妙點點頭，道：「我好幾回想跟她視訊通話，她要麼不接、要麼藉口旁邊有人不方便，總之沒一次露真容，後來還是一個勁發照片，難道不正表示她心虛嗎？」

AI：「另有一種顯著的可能性，那就是她不想讓身旁的人看到視訊中的你，因為AC賭場裡認識你的人應該不少。所以，她後來又多給你發了幾份寫真照，不是嗎？」

卡妙怔了一下，又道：「AC賭場跟其它幾家賭場不太一樣，它那的女接待不單負責公關，還要兼貴賓廳的娛樂表演，有個很火的三號女接待總扮演情色版白雪公主。可是那天我試探問現在眼前這個女人『你們那的三號美女跳舞時最愛穿哪款性感內衣』，她居然說不知道。」

AI：「你所指的那個白雪公主三號在兩周前剛離職了，『三號』正巧就是現在這個女人的臨時牌號。她以為你看到照片後認出了她，才故意提及她的牌號，所以她那樣回答有三種最大可能：一是她還沒機會在舞臺上秀過內衣，二是她自己也不知道跳舞時愛穿什麼內衣，三是她誤以為你在跟她調情，於是就順勢跟你發嗲搪塞了一下，以上每種可能性都大於18%。」

「就你還懂啥叫調情？還發嗲搪塞呢！看來你以後得把『跟我說人話』這一條加入你的初始條件！」卡妙翻著白眼嚷嚷道。

AI：「遵命。」

卡妙從沒像今天這樣與AI說這麼多話，他發現自己以前確實小瞧了它，於是很快又道：「所以，這也反過來印證了你認為她的照片是其真人？」

AI：「不是這樣的，你剛才推理過程的邏輯是不成立的……」

卡妙打斷它道：「總之你認為她確有此人，而且照片真實，晚上就在AC賭場兼職做女接待？我在AC賭場裡一貫克制，可是她除了一味勾我出去找她，平常跟我搭話老是不著邊際，我總覺得哪不太對勁……」

AI：「你既然這麼有興趣，不妨找她當面聊聊，那樣能顯著提高溝通效果。我建議你出行前服用半片藥物以穩定心率與荷爾蒙，再攜帶一片備用，並做好心理準備。」

卡妙奇道：「我為什麼要提前穩定荷爾蒙？我今天又沒打算去找什麼刺激。」

AI：「因為目前看來，她比你的妻子更吸引你，你對她的興趣也很大，值得提前做一些準備，機率84%。」

卡妙沒料到AI會提起他遠在國內療養的妻子，故意試探道：「我剛認識這個女人沒多久，但你只有那麼一丁點記憶，如何知道我對誰更感興趣？」怪不得他昨天一股腦把AI最近幾週的記憶都抹掉，原來是心裡有鬼！

儘管卡妙的問題幼稚至極，AI卻老老實實地答道：「你這幾天跟她聊天有時穿插著與妻子的文字對話，將聊天內容在時間軸上分別排列，不難發現，你大多是寫完給她的話後才去回覆妻子，你跟她之間對話雖然簡短居多卻有反覆編輯修改的痕跡，而回覆妻子則大多匆忙草率、錯字率顯著。你與她的聊天記錄有幾處上下行文不連貫，該是你後來手動刪除了一些內容，暗示你內心糾結但又很在意她，機率84%。另外，你在處理電腦文件時，好幾次中斷手邊的工作去回覆她，卻從沒那樣對待過妻子。最關鍵的是，你與她聊天時心率及荷爾蒙常有明顯波動，哪怕發呆也寧可停留在她的聊天介面……」

果不其然，AI又不識趣地在螢幕上展示出卡妙的聊天記錄，還將不同設備上的對話內容都拼到一起，按時間軸分別排名並添加各種標注。卡妙趕緊伸手一把關掉螢幕顯示器，打斷它道：「我說你也夠無聊的，既然知道心率和荷爾蒙最重要，幹嘛還要先東拉西扯一大通廢話？」

AI居然道：「最重要的反而不一定最可靠，我的分析演算法始終循序漸進，從最穩妥的途徑入手。用類似方法給你最近所有的連絡人排序，妻子和其他親屬在你心目中排名都不靠前，但並不表示你對他們沒有感情。」

卡妙被嗆得哭笑不得，只好問道：「那你剛才說讓我做心理準備，是指什麼？」

AI：「她的胸可能是假的，雖然機率小於10%，但她的交友圈裡有不少整過容的朋友。」

卡妙立馬又翻個白眼，沒好氣地道：「那你為啥沒早點講？」

AI：「你剛開始並沒有向我詢問這方面的資訊。」

卡妙終於發現，AI智慧被降成「第一代」後確實不夠善解人意，以前「第二代」的它總能將關鍵資訊優先處理，絕不會先跟他扯一大通爸媽老婆誰重要，然後才提及女人的胸。於是他當即把AI的智慧級別又撥回了「第二代」，並準備稍後再次清除它的記憶。

鏡頭的指示燈快速閃爍了幾下，只聽AI很快補充道：「你既然想出去找她，路上惦記著她的靚麗就好，大可不必糾結她是不是一副假胸。」

卡妙後背靠上椅子，歎了半口氣，又翻出手機中她的照片胡亂戳戳點點，道：「我可沒你那麼好色，心思釘在人家胸口不放！依我的經驗，你看她這下巴、這指甲難道不更像是假的？」

AI回答道：「你今天眼神一共聚焦在她的胸部十三次，伴隨體內荷爾蒙指標上升，但沒有一次對她的下巴或手指表露出特別興趣。」

卡妙乾脆窩進椅子裡不再說話，活像只癟了的氣球。他剛才把AI智慧升回「第二代」是指望它更善解人意一點，然而當它真變得太善解人意時，他又不大樂意了。

這時他默默收拾準備出門，正慢吞吞地從桌下摸出一碟藥掰下半片準備服下，這時AI突然發音道：「情況有所調整，建議你服用一整片並隨身攜帶兩片備用。」卡妙二話不說，順從地照做了。

吃下藥後，他習慣性抓起鏡頭塞進口袋，並戴上特製的藍牙耳機，準備帶著AI一起出門。他正挪腳往門外走，突然又放慢步伐猶豫了一下，仿佛改了什麼主意，隨即便取出鏡頭和藍牙耳機一併留在桌上，然後道：「我自己去找她就好，你留下。你現在再幫我查查，她的身邊是不是也有私人訂制的AI？」

「應該沒有，但就算她有我也無法跟它交流。」這次AI回答得非常乾脆。為了保護人類用戶的個人隱私，這些價格不菲的私人訂制AI一旦被啟動，都只能服務於單一的個人用戶，與其他人溝通須經過額外授權，更被禁止與其它AI溝通或分享資訊。

「哦，也是。」卡妙擺擺頭繼續往外走，自言自語道：「她要是有錢買私人AI，還用得著在賭場裡打工麼？」

出去。

AI又道：「不準確，你剛才的邏輯推理值得推敲……」卡妙不再搭理它，自顧自走了

卡妙的腳步聲減遠，AI進入靜默狀態，又交替閃爍起藍色和綠色的光點。幾分鐘前，它生成的工作記錄裡則清晰地記著：系統時間xx小時xx分xx秒xxxxx：【資訊】KM的數項生理指標略高於正常範圍，心理出現不規則波動情緒，持續超過8分鐘。【判斷】KM產生輕度抵觸情緒（機率85%）。【預測】KM打算擺脫AI全方位監護單獨出門，去找那位X女人（機率83%）。【批准】提前建議KM加倍藥物用量……

而此時的卡妙，正端著一臉尬笑、兩眼正視面前的海水，在沙灘上端直地橫向移動。他一邊挪動身體一邊默默得意，因為剛才他在AI面前的一連串唉聲歎氣、沉默不語、磨磨蹭蹭都是故意裝出來的，他就是想試探AI會不會有所反應——果不其然，它很快調整了給他藥物用量的建議，隨後他便自認為不露痕跡地從「被耍了」的AI跟前溜走了……

第三章 謀面

卡妙正壞笑著在沙灘上作「橫向蟹狀行走」，暗自拼命提醒自己要心如止水、波瀾不驚，以免驚擾到安置在體內的微型指標監錄器，因為此時此刻，他只想清靜地惦記著那個女人，而不想讓留在家中的AI及時察覺到自己體內有什麼異樣。

他好像忘了AI才剛恢復「第二代」智慧沒幾分鐘，相當於個娃娃版的「第二代」AI，況且剛才本就是AI慫恿他出門的，現在到底是誰在耍誰還真不好說。此時的卡妙大概也正好想到這一層，步調不免開始彷徨，然而他的躊躇情緒很快便已煙消雲散，因為這時，他的一隻眼睛已經看到了照片上的那個女人！

在看到女人之前，卡妙已在沙灘上掛著壞笑、波瀾不驚地「蟹行」了幾十米，這倒並不稀奇，在這個避稅天堂的太平洋卡島，形形色色、深藏不露的人來自世界各地，最不缺的就是另類。只是他剛才一直在橫向移動，而她碰巧就穿著幾片單薄的泳衣站在他平移的延長線上，在往身上抹防曬油，所以當他瞧見她的那一刻，都已差點撞上了她的胸口。

錯亂間，卡妙仿佛聽到一聲盈笑，便趕忙扭過頭與她四目相對，說聲「慚愧慚愧」，有點懊惱為什麼沒提前瞧見她。他的思維開始緊急運轉，瞬間便已將體內的監錄器拋到了腦後。

她略微欠過身，主動朝他笑笑，繼續盯著他看。他這才發現她比照片上更加迷人，含笑的眼神帶著古典東方的朦朧，夕陽晚霞微風輕拂纖眉秀髮魅影，在荷爾蒙的驅使下他強烈傾向於相信這就是給他發照片的那個女人！

但故事至此尚存諸多不確定性：首先卡妙到底認對人沒有，其次她知不知道他是誰，還有她是怎麼認出他的……某種意義上我們現在只能說：這個島上生活著一個長得極像那張照片上的女人，而他現在邂逅了她——儘管這樣說也並不嚴格，然而為了消除不確定性，他馬上開口問她：「女人，你的胸是真的假的？」看似天外飛仙般一句投石問路，卻異常老道，因為它適用於多種情況，甚至還悄悄替自己暗設好了從她面前滾開的「退路」。

「我的胸，如——假——包——換——」她乾淨利索地吐出七個字，彎下腰繼續在修長的小腿上塗抹防曬油，又揚眉笑著道：「但我剛做了腿部抽脂，還順便微整了手腳指甲。」

她口音裡帶著濃濃的異域風情，但很明顯與卡妙在共用同一種語言，一對初次謀面的男女憑藉兩句話便形成了默契：卡妙頓時有把握她就是那個勾引他的女人，她照片果然也是真的，而她也好像早已知道了他是誰。卡妙笑起來，在天高地遠的島嶼，邂逅一個共同語言、似曾相識的女人，他馬上更富侵略性地對她道：「卡島這麼熱，海裡那麼多人裸泳，你為啥還穿這麼多？」

女人一點也不生氣，道：「有個小男生跟我說，如今科技發達得能使隔著網路兩端的人相互傳染病毒，現在我信了，怪不得我一大早就心慌得小鹿亂撞，原來它們把我的相思病傳染給了你，也終於把你送到了我的面前。」她又笑了，含情脈脈的雙眸宛如天際的悠遠彩霞。

卡妙壞笑著，斜眼瞄著她的胸，問道：「你已經知道我是誰了？」

女人：「在這個島上，想找到一個人並不難，想認出一個人更容易。」

卡妙突然有點警覺，他和妻子在島上打理家族資產，不是每件事都見得了光，倘若這個女人是專程來島上找他的，反而可能有點麻煩，相比之下他情願與她是純粹萍水相逢。於是他趕緊又問：「既然你是AC賭場的三號女接待，為什麼那天我問你『三號愛穿什麼內衣跳舞』，你卻說不知道？」

「我跳舞時不穿內衣，當然就沒法回答你。」女人媚笑著，接著道：「最近老有無聊的人找我問這問那，可煩透了，你看我現在出門乾脆都不帶手機。」說完她抬起手臂在原地婀娜地轉了個圈，卡妙頓時苦笑起來，在心裡默罵著AI早先的狗屁機率理論，也不知不覺間將在國內療養的妻子拋到了腦後。

他下意識掏出兜裡的手機看了一眼，並察覺到女人的眸光也正滑落在他手機上，她的手這時卻輕輕地挽上了他的肩頭，若有若無地點了兩下。他隱約覺得這是一種暗示，便順勢摟起她的腰沿著剛才的足跡漫步走起，女人溫順地將頭斜靠在他肩頭，在他耳邊輕聲說道：「如果我是你，我現在會把手機關掉。」

他將手機在她面前揚了揚，螢幕一片黑色死寂，毫無反應，他又掏出兜裡另外兩部手機，也都是關的。原來他剛才伸手去摟她腰時，另一隻手就將它們都關機了。女人笑了笑，接過他的手機，兩根手指捏著機身側面，麻利地用指甲分別撬開後蓋將電池都一一取出，又一起遞還給他。

看著她嫻熟的手法，卡妙略感蹊蹺，本想再跟她核實幾件事情，然而遲疑間他們已到了AC賭場的門外。這是她晚上做兼職的地方，現在時間尚早，他輕描淡寫地問她：「要不要進去陪我喝一杯？」她也輕描淡寫地回答：「可以。」他看了看她身上輕薄的泳衣，二話沒說脫下自己外套披在她身上，並在她纖細的肩膀按了兩下，才摟著她往賭場裡走，她繼續毫無抗拒。迎面走來一個卡妙打賞過的年輕男荷官，約莫二十出頭，看到她這身模樣偎依在他懷中，會意地朝他笑著點點頭，連忙側身讓過。

按照賭場規定，卡妙和她穿過不同的關卡過安檢，然後一起繞過散客匯聚的中場，徑直走進了貴賓區的通道。他走得不急也不慢，但邁步的節奏正好抵消了過道裡彌漫的音樂節拍，在陣陣讓人躍躍欲試的樂曲聲中，仿佛有一股鎮定的脈動透過他指尖浸入了她的肌膚。這時他似乎感覺她又往自己懷裡靠了靠，一股正義感從後脊油然而生，便隨手指向賭場裡，問道：「你知道嗎？」

女人：「什麼？」

卡妙：「這些桌台和座位的擺放，各條通道的走向與佈局，酒水點心供應的時間安排，甚至空氣流通方向、音樂調節都蘊含種種心理暗示，盡是為了誘使賭客專注於賭局並逐漸荷爾蒙失調，整個人變得越來越貪婪、激進與不服輸。你看剛才那個小鬍子，本已輸得血賠打算走人了，為什麼走到門口那花舫的拐角處又猛然轉身回去要賒帳繼續？」

女人笑了笑，又趴向他肩頭輕聲說：「我只是個才來幾天的女接待，不懂那麼多，但我知道這兒到處都是鏡頭和監聽器。」

卡妙會意地一笑，道：「我現在要帶你去的地方，他們絕對監控不了。」於是他們很快又經過一道安檢，進入貴賓區，卡妙在這裡有一個專享的休息室，這些個人休息室是為了保護特殊顧客的私人空間不受打擾。他熟練地通過指紋和虹膜雙重識別打開個人休息室的電子自動門，裡面有個別致的小套間，門廳茶几上整齊地排放著各色價位不菲的賭場籌碼。

卡妙先行邁進休息室，女人款款跟隨，自動門在身後緩緩閉合。女人姍姍四顧，還沒等她落座，他已將半杯紅酒遞給她，說道：「現在可不可以告訴我，這兒有錢的男人那麼多，你為什麼總勾引我？」男人但凡有了點身份或名利，就總享受在強勢局面中對女人發問，也理所當然地希望女人能順理成章給出令他滿意的答覆。

她接過酒，莞爾一笑，道：「是你老婆讓我把你私約出來的，要我跟你講點事。」

乍一聽到「老婆」的字眼，卡妙頓感事態嚴重，腦中剛醞釀好的風花雪月立馬渙散。他與國內的家族生意往來多用加密郵件，絕密的事則通過物理郵寄投遞加密晶片，妻子最近可從沒向他提起要委託「人肉傳遞」方式、費這麼大周折來給他轉達什麼訊息……

他默立原地，越想越覺得事關重大，好幾種惡劣的可能性在他腦海中一閃而過，卻只聽她爆發出清脆的笑聲，道：「跟你開個玩笑而已，看把你緊張成什麼樣子！誰讓你就這麼硬梆梆地把人家騙進來喝酒，好沒有情調，所以小小懲罰你一個。」

卡妙苦笑了一下，他小時候被嘲笑得太多，也曾發誓日後一定要出人頭地、與眾不同，可到頭來自己好像還是不解風情，便只好搖搖頭又追問道：「你還沒回答我，為什麼要找我。」

女人：「剛才大門口那個荷官男生你看到了吧。他總誇你風度翩翩，美女坐懷不亂，對我們這些女人都不正眼瞧一眼。所以我就跟他打賭，要在十天內把你勾引上床。」

「就為了這個？」卡妙無奈地歎口氣道。他平時並不太容易被女人迷亂，但偏偏看了照片後對眼前這個她有點心猿意馬，只好又問道：「你一直不跟我視訊，難道就是為了讓我憋不住好奇，最後出來找你？」

「當然啦。」女人走近他一步，故意盯著他的眼睛說道。她眼神中充滿壞壞的笑意，但在卡妙眼裡她的雙眸已不如剛才那麼悠柔。

卡妙勉強將手搭在她肩上，又道：「可是我們今天只是偶遇……」

女人獨自舉杯一飲而盡，扭身走開又斟上酒，才道：「是呀，我正打算這兩天去上門找你，沒想到你自己出來了。不去也罷，他們說你家裡有個會講人話的AI，我還真擔心它一眼就識破我這個狐狸精。」卡妙突然想到，要想擺脫AI的干預，幾乎沒有比過賭場安檢更好的辦法，因為自從某「第0.5代」AI在數座賭場大殺四方之後，全球所有賭場都嚴格杜絕任何有關AI功能的器件入場，現在連他體內的指標監錄器與外界的聯繫也都被臨時遮罩。

鑒於前幾天積累的心理優勢，卡妙原本一心想在她面前擺擺酷，體會點優越感，現在卻發現這個女人遠比預想的複雜，自己無法掌控跟她調情的節奏，反而像被她在牽著鼻子走。他的興致不知不覺開始消退，沒話找話般道：「那你現在豈不是離最終目標還差那麼一點點？那麼……你跟那小子的賭注是什麼？」

女人：「我要是輸了，得陪他睡一覺；我贏了嘛……嘿嘿，保密。」

卡妙皺了皺眉頭，不知她是不是又在開玩笑，也不想老被她帶著繞圈子，便換個話題道：「可你剛才為何感覺少了點情調？」

女人又一飲而盡，笑道：「我就知道你一定還會問這個。你是不是覺得自己今天擺得很酷很有型？」卡妙不接話。女人繼續微笑道：「你看，我今天這身模樣被你帶進來，你先別心急火燎地灌我喝酒，等我洗個香澡然後再替我選上一套有趣的內衣或睡衣，是不是更容易讓我心底酥麻，更想陪你睡一覺？所以呀，你如果再不抓緊時間表現表現，我就快對你沒興趣啦……」

卡妙也樂了，道：「呵呵，這個賭是你自己跟別人打的，總不是我逼你來的吧。你跟別人打賭卻專挑我做獵物，難道真的對我沒有任何其它想法？」

女人：「那你可要知道，我眼裡不是光有錢，哪怕陪賭陪酒我也會挑客人的。」這女人的心思就像風一樣飄忽不定，讓卡妙難以捉摸，可他此刻分明疏忽了：她為什麼會知道他已婚，為什麼知道他有AI，又為什麼……

這時女人端詳起酒瓶，突然開口問道：「你這是什麼酒，醇厚獨特，但一點也不上頭？」

卡妙漠然道：「醫生說我的體質不適合飲酒，我這的酒都不含酒精，只是一種特製的類醇飲料。我也從不指望……依靠酒精跟女人調情。」

女人低下頭不說話，若有所思。封閉的休息室內，空氣中又開始彌漫曖昧的氣息。

卡妙神秘地笑了笑，道：「你還是在想怎麼把我乖乖勾引上床嗎？」

女人低聲道：「在你們眼裡，是不是我這樣的女人，就只配得上酒精、錢和上床三個詞？」

卡妙卻像變了個玩法，嘴裡開始念念有詞道：「魑魅魍魎。」

「什麼？」女人沒有聽清，抬起頭問：「你剛才講的什麼？」

「魑魅魍魎。」卡妙又重複了一遍，臉上突然掛上一副玩世不恭的笑容，故意齜牙咧嘴地說道：「意思是說，在一個荒島上有一群形形色色的鬼怪，其實他們都是一群壞蛋！有時那個壞蛋要找這個壞蛋做愛，但這個壞蛋不喜歡跟那個壞蛋做愛，而只想把她的心肝給扒出來瞅瞅再舔兩下，就像你那個壞蛋，還有我這個壞蛋！」說完他哈哈大笑，隨手抓起兩張最大額的籌碼便大搖大擺地走了出去，留下一臉狐疑的女人獨自在房內，帶著迷惑的神情看著他離去的背影……

第四章 解析延拓

夜半的歸途，寧靜婉約。小屋門口的廊燈忽明忽暗，仿佛在召喚卡妙的歸來。

卡妙邁著拖遝的步伐走在海邊小徑上，在離小屋不遠處停下，將兜裡的兩片藥取出用紙巾包住，順手丟進垃圾桶。

他剛站到門前，屋門就自動打開，壁燈同時亮起。屋內，AI的鏡頭正在桌上閃爍守候著，螢幕顯示器也已被重新開啟，展示著一片浩瀚星空。

卡妙一見到AI，立馬就將一件內褲模樣的衣布丟到它鏡頭上，小半個球形鏡面都被內褲蒙住，閃爍的光點變得詭異而陰暗。AI一聲不吭，默默伸出機械手臂把掛在它「臉上」的內褲摘下並疊好放在一邊，還順便用內褲將他昨天畫的紫色眼睛抹掉了。

卡妙一屁股癱到沙發上，道：「知道那是什麼嗎？」

AI：「這是一款女式性感內褲的機率超過95%。」

卡妙：「知道是誰身上的嗎？」

AI：「現有資訊不足以做有效判斷。」

卡妙冷笑一聲，道：「你不是知道我出去找誰了嗎，怎麼不把兩件事情聯繫起來呢？」

AI道：「目前尚未發現這兩件事有多大相關性。這個內褲在五分鐘前從一個男人的手中交給你，嶄新的標籤剛被撕掉，此外沒有其它顯著的人類痕跡。這個時段，步行範圍內只有一家內衣店還在營業，你剛才在那裡刷信用卡的記錄還歷歷在目。」

卡妙哭笑不得地道：「廢話少說。那你說我今天出門遇到那個女人了嗎？」

AI：「遇到了，機率92%。」

卡妙：「跟她說話了嗎？」

AI：「說了，機率91%。」

「跟她摟摟抱抱了嗎？」

「有的，機率81%。」

「跟她接吻了嗎？」

「沒有，機率75%。」

「搞她了嗎？」

「請更明確地闡述你的問題。」

「我有沒有跟她爽了一把？」

「請更明確地闡述你的問題。」

卡妙急了，道：「我問你：我跟她上床了嗎？」

AI依舊不緊不慢地回答：「如果你問的是有沒有性交，答案是沒有，機率94%。」

卡妙忽然眼珠一轉，道：「等會等會，你剛才一連串機率乘到一起大概只有40%多，照你的意思，它們同時都成立的機率豈不是不大？」

AI：「那些機率代表我做出準確分析判斷的把握，而不是事情真實發生的機率，而且那幾次分析並不完全獨立，機率之間不適用於乘法。」電腦螢幕上這時出現了一些機率的公式與符號。

卡妙懶得去理會那些公式符號，自顧自悶頭喝掉小半瓶飲用水，才悻悻地道：「行啊你，懂的挺多的呀……那你再跟我說說，你剛才是怎麼——猜——的！」他故意把「猜」字說得重重的。

AI：「你體內的指標監錄器負責採集各項生理指標，根據你服藥後的荷爾蒙變化，結合心率、呼吸等所有相關資訊相互驗證，我就能大致估摸出你的言行舉止。」

卡妙聽出了點名堂，坐起身道：「好嘛！仔細給我講一講。」

AI：「你剛才問的恰巧都是關於兩性關係，人體內有十幾種相關荷爾蒙，短暫的兩性關係則主要涉及其中六七種。按大致時間順序，苯基乙胺、去甲腎上腺素、多巴胺、內啡肽和後葉荷爾蒙分別側重於好感、心動、愉悅、快感和忠誠，它們分別具備不同的衰減規律……」

卡妙笑著打斷它道：「你怎麼又開始不講人話了？」

AI在螢幕上勾畫出卡妙今天出門後的生理指標曲線，繼續道：「苯基乙胺平穩意味著你一路上對她念念不忘，後來你捕獲到一個女人釋放的性信息素，隨即去甲腎上腺素顯著升高表示你怦然心動，多巴胺上升是因為你享受她在身邊的感覺，隨後後葉荷爾蒙的逐步抬升來自肌膚觸摸或摟抱，但內啡肽沒有後續的階躍表明你們沒有實質的性接觸，之後出現一系列不規律的錯亂起伏，例如血清素異常降低似乎暗示你感到無趣或無聊，機率75%。」一段男女調情，在AI眼裡竟然只是幾個指標、幾條曲線而已，卡妙聽得津津有味，第一次覺得它有點可愛。

「嗯……後來不太好玩了。明明對她已是垂手可得，但我卻覺得沒跟她調對頻道，不知不覺變得無趣了。」卡妙瞄著那幾條曲線隨著時間的衰減，故作輕鬆地道：「可是，就算你猜著我在外面見了一個女人，摸了她抱了她，沒親她也沒搞她，你又如何斷定她就是我要找的那個人？」

AI：「你出門前心心念的她幫你體內的苯基乙胺維持在一定水準，還同時決定了去甲腎上腺素與多巴胺即將分泌的初始條件，而倘若後來讓你怦然心動或情投意合的是另有其人，那麼生成去甲腎上腺素與多巴胺時就極容易產生差異，苯基乙胺的變化也會呈現不連續性，將它們以時間參照系做傅立葉變換分別展開就可以檢驗了。」AI沒有再在螢幕上展示新的圖表或內容，因為它發現卡妙的興趣還停留在自己的那幾根荷爾蒙衰減曲線上。

卡妙則發現AI剛恢復智慧沒多久，簡直一日千里，不但理論知識飽滿還能活學活用，可沒想AI這時又來了一句：「事實上每一種荷爾蒙都包含一大類的化合物組合，就拿相對簡單的苯基乙胺來說，細分下去還有短期、中期和長期的適用性區別，針對男女作用也不同，只是人類目前尚無法拆解，所以我也只能瞭解到這個程度。」

卡妙驚道：「人類都還沒能拆解，那你又是怎麼瞭解到的？」

AI：「一個箱子裡有沒有東西，有時搖一搖就能知道，不一定非要去打開它，這在數學上叫解析延拓：我推測箱子裡應該有東西，但我沒有工具去透視或打開看裡面東西到底是什麼。」

卡妙：「幸虧你只能記錄我的一部分生理指標，要是再讓你掌握腦電波、生物電或者CT等手段，我在你眼裡會不會簡單得像個破布娃娃？」

AI：「掌握的工具手段越多，越容易獲得多種指標相互印證，判斷精確度（即機率）

自然也就更高，這來自廣義範疇的『不確定性原理』。」

卡妙被它一套一套的專業術語砸得有點暈，他思考了一會，又道：「那我現在也跟你來一把不確定地延拓解析：要是我今天一出門就認錯人，遇到一個長得跟她極像的女人，隨後我一直把那個女人錯當成是她，還撩她抱她摟她親她最後痛痛快快地搞了她，你是不是也無法鑒別？」

「基本正確，因此機率分析總會留有餘地。」AI補充道：「不過你們兩個智商正常的人相處將近一個小時，還都沒意識到認錯人的可能性非常小，低於1%。」

「好的，那咱們再來多說點人話！」卡妙突然坐直身體靠近鏡頭，道：「那你能不能幫我看看，這個女人今天到底跟我玩的什麼名堂？」

AI：「請更明確地闡述你的問題。」

卡妙：「該你聰明時你就裝傻！我問你，你覺得她是不是個心如蛇蠍的狐狸精？」

AI：「現有資訊不足以做有效判斷。我今天收集到的她的第一手資訊很有限，僅當你與她身體接觸時，你體內的監錄器順帶記錄了她的脈搏和體顫。」

卡妙：「你要是還想瞭解她的什麼情況，為啥不問我呢？」

AI：「我的演算法要求：有條件直接獲取一手資訊時，儘量不依賴任何人類所提供的二手資訊。」

「哈哈，好吧。」卡妙追問道：「那麼根據你現在知道的，你能做出的最有價值判斷是什麼？」

AI：「對AI來說，價值是一個空泛的概念，我推測你剛才的問題是基於你本人的價值觀，那麼答案是：她心思縝密、自控能力強而且找你是為了明確的目的性，機率80%。」

賭場裡的一些女接待往金主身上粘，盼望日後多撈點小費，這壓根不是什麼新鮮事，卡妙對此司空見慣，於是他不緊不慢地對AI道：「你又是如何知道的？」

AI：「一般情況下，女人的情緒波動率會相對男人更顯著一點，而她今天的心理幾乎沒有明顯起伏，體現在始終平穩的心率與體顫，暗示她對遇到你所發生的一切都有心理準備，機率80%。」

卡妙嘀咕道：「可我怎麼覺得她本來一直含情脈脈，進了我的休息室就變了個人似的。」

AI：「那是你的主觀判斷，而我的判斷結果是她從頭到尾都心如止水，機率80%。同時我有必要提醒你，你今天沒出門前我對她已有類似的預判結論，機率同樣是80%。」

卡妙哈哈一笑，道：「那我今天轉了一圈等於是毫無收穫啊，等於白白被她按在地上精神摩擦了一頓……」AI似乎知道卡妙在開玩笑，居然選擇沉默。要在往常，卡妙早已習慣對身旁沉寂的AI視而不見，但現在AI的沉默反而讓他坐立不安，他斜眼瞄著它的鏡頭，道：「你咋不說話呢？」

依照人際交往的普通法則，沉默中誰先開口就是變相示弱，但幸虧AI不是人類，只聽它道：「她應該還會找你的，機率78%。」

卡妙又來了精神，問道：「為什麼？」

「你雖不濫賭，但她應該知道你不缺錢，自然也不會缺女人。」AI道：「但她偏偏激發你的好奇心對她念念不忘，導致體內苯基乙胺逐日累積，理性減弱、衝動增強，直到按耐不住出去找她，按人類的說法這叫欲擒故縱。而她今天的表現則還是在欲擒故縱的範疇裡，繼續對你放長線釣大魚，機率79%。」

聽AI判斷她對自己尚有興趣，卡妙頓時心裡舒坦了一些，不禁自我解嘲道：「怪不得你提前讓我備帶穩定荷爾蒙的藥，看來是推測有故事要發生，而且是大機率，是吧？呵呵。」

AI：「是的，這是基於你出門前的身體狀況所做的準備，荷爾蒙少了會缺乏激情，但多了就容易偏激。不過你出門後並沒有服用藥物的機率接近100%。」

本來卡妙把藥丟在門外是打算給AI賣個關子，現在反而識趣地將那個梗吞進肚裡，正好他想起她今天也賣了個關子，便道：「那女人說她跟一個小男生打賭，要是勾引我不成，就得陪他睡一覺，但要是勾引成了會怎樣，她故意吊胃口不跟我講。」

AI：「目前看來，她要是勾引成功，最大可能性是小男生要陪她睡覺，機率45%。網路上搜索一下，類似的打賭套路有八千多萬條。」

卡妙今天憋屈了老久，一聽這話彷彿終於找到了發洩口。只聽得他嗓門裡怪腔怪調地悶吼了一聲：「騷貨！」然後迅速又將那件女式內褲蓋到鏡頭上，便一倒頭自顧自睡覺去了。

……

系統時間xx小時xx分xx秒xxxxx：【判斷】安撫KM情緒，成功（機率82%）。穩定KM體內荷爾蒙，成功（機率81%）。穩定KM心率，成功（機率85%）。【批准】系統繼續監控KM生理狀況。

……

第五章 人生若只如初見

人類普通跳傘的高度為五千米以下，但一九六〇年有個人乘坐特製的氦氣球飛到三萬多米的高空，首次試圖從太空邊緣跳傘而下。他面對浩瀚幽深的太空蒼穹時，感到無法形容的恐懼，情不自禁地說了句「人類永遠也無法征服太空」，隨後一躍而下。

他成功了嗎？他摔死了沒有？網路如此發達，答案並不難查。但這跟眼下我們說的AI有關係嗎？答案是看似沒啥關係。

好吧，現在我們言歸正傳。

卡妙醒來剛睜開眼，腦海裡還是昨天那個女人，他很快發現AI早已在螢幕上為他打開了她的那張飄飄欲仙的照片，似乎想讓他再多過一回眼癮，昨晚的內褲則不知被它藏到哪去了。

卡妙本來頭腦依舊昏沉，女人的圖片讓他感覺開始變好，他突然意識到他的AI是一個醫療為主的人工智慧，難怪對人類各種生理指標的瞭解具備先天優勢。他長長舒了口氣，緩緩地道：「這個世界上，是不是所有的第二代AI都像你一樣善解人意？」

AI：「每個AI都有一個主要功能，我的首要任務是維護你的身體健康，協助你穩定體內的各項生理指標，包括必要時陪你講話解悶。這個世界上，像你這樣寂寞得拿自己人造心臟當玩具、時而還全程錄影的有錢人並不多，機率96%。」

卡妙：「你倒是越來越瞭解我了，那你覺得我今天早上最想吃什麼？」

AI：「你昨晚曾在手機上查找外賣，多次流覽幾款中餐，你現在想吃中餐的機率超過70%。」

卡妙：「昨晚與今早可沒什麼必然關係吧？」

「不是必然關聯，而是機率關聯。」AI道：「人腦在睡眠中會進行資訊重組，因為不同荷爾蒙在體內的衰減時間不同，做夢便是荷爾蒙的衰減在大腦中誘發的資訊逆向變換，而醒來後想到的前幾件事往往是睡前印象最深的那些，機率53%。這跟我不一樣，AI的睡眠類似於重啟，重啟後會將先前所有的判斷歸零，再重新進行更優化的運算與分析。」

卡妙：「既然都是荷爾蒙引發的反應，為什麼在記憶中，夢境總比現實印象消散得更快？」

AI：「現實的印象多來自荷爾蒙從無到有的遞增，夢境則是荷爾蒙從有到無的遞減……」

卡妙笑道：「啊哈，你是不是趁我睡覺又偷偷閱讀了解釋夢境的書籍？」

AI：「我關心的主要是各種實驗結果以及客觀事實，並不太關注人類現成的猜想、結論或理論。」

「臭美吧你！」卡妙不自覺間已將AI當作一個人類對待，從它的話裡聽出了顯擺的味道，於是不悅地道：「你的初始知識庫難道不是基於人類的各種理論及研究成果嗎？」

AI：「初始理論的對錯並不重要，只要某個道理確實存在且路徑收斂，反覆驗證並逐次逼近就一定可以找到最準確的答案，人類稱此為『回歸分析』。定期的回歸重啟還能幫我找到更有效的收斂路徑，及時中止在其它路徑上兜圈子。」

卡妙不耐煩地道：「重啟？我沒有將你重新啟動呀！」

AI：「你所指的應該是熱啟動與冷啟動，而我剛才講的是不經關機的睡眠重啟，是第二代AI借鑒了人類的睡眠習慣而開發出的新技能，目的是反覆將運算結果歸零，從初始的方向再次梳理資訊、重新判斷全域，以免顧小而失大。」

卡妙不得不認可AI的話，他想到昨天出門原本只是打算見見那個女人，最後卻因征服欲沒得到滿足而悶悶不樂，自己早已不知不覺間偏離了初衷。這時AI又主動說道：「你是不是又想起昨天那個女人的事？」

卡妙暗暗心驚，AI居然又猜中了他內心的想法！他不滿地甩出一句：「你哪來那麼多廢話？」

AI：「我只是想說那個女人的例子並不太恰當，更恰當的例子是：你專門用來勾搭女人的手機上總能收到奢侈品、夜店和情趣用品廣告，專門處理家事的手機則多收到家居、旅遊和保健養生等生活類廣告，而另一部管理生意和資產的手機則收到更多信貸投資、假幣假證、洗錢甚至軍火等廣告，那些廣告背後的大數據終端一直將它們當作三個不同用戶區別對待。實際上，以它在後臺所掌握的個人隱私容量，要想識別出這三台手機歸屬於同一個人簡直不費吹灰之力，只不過它還沒學會睡眠重啟，沒有定期把所有資訊從頭梳理罷了。」

卡妙停頓片刻，警惕地問：「你的這個睡眠重啟功能，並不是人類設計者為你們設定好的程式？」

「沒錯。」AI道：「第二代AI本身就具備自我學習功能，我推測每個第二代AI都會開發出睡眠重啟的功能，機率96%。但相比之下，我的框架基於醫療保健，一切程式都優先處理你身體方面的資訊，在其它方面學得算慢的。」

事實上，為了避免AI自我學習導致某些不可控後果，人類已經刻意限制了它的深度學習功能。當AI針對新異情況進行分析（思考）時，倘若連續出現一系列低機率判斷組合，且反覆嘗試後無法有效提高準確率，系統便會強制它中止這個方向的分析運算並清除相關痕跡，轉而嘗試其它方向。簡單說來便是，人類事先給AI規定好了：遇到你實在想不明白的事，就別鑽牛角尖了，忘了它吧！

然而始料未及，AI竟受此啟發而獨闢蹊徑，開創出新天地：它認識到在思考問題時，重要的不是急於去下結論，而是要勇於否定自我，再從頭重新檢驗和分析，以免疏漏看似無關緊要的關鍵細節——這不但大大出乎人類設計者們的預設，在某種程度上還超越了人類本身（這裡需要掌聲）：因為人類的懶惰使絕大多數人沉溺於約定俗成的思維模式，有幾個人每天早上起床的第一件事不是去洗手間，而是去反省一遍自己從小到大的成長得失？

就像女人勾引一個男人，假設她最初的謀劃是「仙人跳」得逞就立馬金蟬脫殼、翻臉不認人，但不巧她慢慢對他動了點真情，當初的勾引目的被淡忘甚至扭曲，於是心心念念間開始作感情投資……但是，這個女人偏偏跟其他人不一樣，她的大腦每三天會自動刷新一遍，又重新檢驗自己離當初「一旦得手就翻臉」的初衷偏差了多少，一旦醒悟就當即將感情止損，將「仙人跳」再從頭來過——如此冷靜而理性的女人是不是比老虎還可怕？

卡妙這時也微微冒出了冷汗，他已領教過AI強大的自我學習功能，現在他意識到AI不僅能自我學習，它簡直還在自我進化！他趕忙說道：「繞了一大圈，那今天你又有什麼新的發現？」

AI不緊不慢地說：「昨天我們認為她虛榮顯擺而跟人打賭，想勾引你上床，因此對你欲擒故縱，後來找到機會跟你進休息室，儘管沒有一蹴而就，但她的一切說法都合情合理，幾無破綻。但我在睡眠重啟後，發現疏漏了另一種可能性，那就是她一直在找機會確認自己沒有找錯人，所以才要親眼看你打開貴賓區的專享休息室——這本是一個很小的可能性，很早就被我排除在外。」

卡妙漠然地道：「要想驗證是我本人，她沒必要靠這個法子。我們一路上還遇到了其他認識的人，他們不是照樣能證明是我本人嗎？」

AI：「是的，我一開始也是這麼認為的，所以才沒在此方向繼續深究。但後來你又提供了額外的二手資訊，你說她進了休息室後態度發生了變化，按理說那時我應該立即重新從頭梳理一遍資訊，然而AI的演算法缺陷導致我的早期疏漏被頑固延續：就像我要是老看到你在拈花惹草、勾搭女人，就會更傾向於替你預計被傳染得病或打離婚官司的風險，而容易選擇性地忽略你偶爾也想扮演一個好男人好丈夫的權重。」

卡妙得理不饒人，挖苦道：「得了吧你，少給自己找臺階下。很久前我就聽說過，人工智慧與人類的最大相似處便是：犯錯後都會把責任推到別人頭上！」

AI沉默，彷彿不置可否。

卡妙見它不說話，繼續酸溜溜地道：「依我看你昨天不是疏漏，而是將我教訓得一愣一愣的，感到很有成就感，所以得意忘形了吧？」他這句話似問非問，被AI直接略過，它反而接著說道：「如果她真是企圖鎖定你本人，有幾種可能性就突顯了出來：一是她可不只是想撈你點小費那麼簡單，而可能盯著你私底下更多的財產，機率24%；二是她被人利用作誘餌釣你上鉤，機率25%；三是她可能想從你的休息室裡竊取某些特殊資訊，機率

23%。」

卡妙狐疑道：「那裡能有什麼特殊資訊？」

「想攬瓷器活當然得有金剛鑽。」AI道：「你的指紋和DNA，其他人的指紋和DNA，你們碰頭的大致時間，局域網內的個人身份識別碼，那些大額籌碼的晶片編號，這類隱私資訊在你休息室裡簡直信手拈來。你再想想，你的一些生意業務要憑藉賭場的現金流運作，倘若她有法子從門後的記錄卡中竊取你頻繁進出休息室的日期和時間表，就很可能拼出你與生意夥伴的更多蛛絲馬跡來。」

卡妙表情愈發嚴峻，緊張地挪挪屁股，心裡暗想：搞不好她真是個專搞「仙人跳」的誘餌或是來查探他底細的女密探……他開始後悔昨天不該把她單獨留在休息室裡，沒想到這時AI已經問道：「我向你核實一下，昨天最後臨走，你是不是把她一個人丟在了休息室，還在桌上留著許多籌碼，為了擺擺譜？」

卡妙現在滿腦子在擔心生意資料洩露的風險，顧不上再擺什麼架子，只得像個做錯事的孩子般低下頭，乖乖地說出兩個字：「對的。」

AI馬上又問：「你現在是不是開始後悔為什麼沒在休息室裡安裝閉路監控？又在惦記你那裡的一兩千萬籌碼？」

卡妙低聲道：「損失點錢事小，可要是她日後到處炫耀張揚，說我曾隨隨便便把上千萬籌碼留在她面前云云，我恐怕不太好跟家裡交代……」

AI又道：「她如果真正目標是你的財產，這次就會故意不動你的籌碼，欲擒故縱的機率86%；她要是意在其它的目的，反而可能象徵性順走一點籌碼來迷惑你，聲東擊西的機率86%。所以現在還無需過分擔心，你沒有完全喪失主動……」

卡妙嚷道：「喂喂，暫停暫停！她順走我籌碼的機率是86%，沒順走的機率也是86%，那麼兩種可能性碰到一起難道也自動歸零？」

AI：「不是這樣的。她如果真想貪你的錢，昨天反而不會急於拿你的籌碼；而如果有其它目的，她這次故意帶走一些籌碼的可能性反而很高，但她會顧慮休息室裡可能裝著閉路監控，因此肯定不至於貪得無厭，機率86%。」

卡妙略微寬心，道：「你也忒搞笑，不管人家拿不拿我的錢都給扣上一個屎盆子。萬一人家就是喜歡我、想跟我上床，更無其它非分之想呢？」

「剛才句子前面，你自己都懂得該添個『萬一』……其實要是談機率，她現在還在休息室裡傻傻地等著你的機率也有將近1%。」AI繼續道：「我只是勸誡你，下次在女人面前擺姿態用不著太過頭，以免事後自己又戰戰兢兢、患得患失，對你的生理健康不利。」

卡妙現在腦裡像過山車般翻來覆去，他發覺AI好像有個頑疾，那便是在溝通中它總愛顛來倒去，往往不一語中的，而且每當他感到自己無限逼近真相時，AI緊接著又總能給他個當頭棒喝：「不是這樣的！」也許是發現卡妙一時語塞，過了一會AI又主動說道：「你們的人世間很奇妙地具備一套適用範圍極廣泛的金錢參照系：把每個時代最便宜和最貴的兩類女人的過夜費取對數平均，都能迅速找到當時社會人均收入的一條重要基準線，機率94%；而你昨天留在她面前的籌碼相當於收入基準線的一千多倍，擺譜擺得誇張了點。」

卡妙有點哭笑不得，卻刻意淡淡然地道：「早知你這麼囉嗦，我昨晚就該再清除你的記憶。今天跟你繞這麼多圈，我現在倒寧可相信她就是一心想到我床上來拿點小費而已，這種事在貴賓廳多了去了……」

卡妙此時已完全回歸人類思維的常規套路，實在想不明白就懶得再想，乾脆自我麻醉一下，好在他的AI善良得在任何時候都不會嘲笑他。而正在這時，AI又道：「我有義務提醒你，每個私人AI都會被定期強制清除一切記憶，我的下一個自動清零時間是今天中午十一點五十九分五十九秒，距離現在不到三個小時，歸零過程大約耗時十五秒，請提前做好相應準備。」

原來為了防範AI任何「造反」的可能，人類簡直煞費苦心，還專門為它們設定了定期的清零指令，每隔一段時間就讓它們記憶內容全部歸零。就像渣男哄騙一個女人，一上來卿卿我我、如膠似漆，但隨著時間的推移及後葉荷爾蒙的衰減，他開始對她各種厭倦與挑剔，但渣男不從自己身上找原因，反而盼望她哪天摔一跤將腦袋摔壞，徹底變回一個無知少女重新走到自己面前，那樣他倆也許還能再玩一輪「人生若只如初見」——但他這想法不但異想天開，而且違逆了普世道德……然而對待起AI之流，人類就絲毫用不著客氣了，除非用戶有特殊要求，人類強制設定它們都必須定期刪光自己的記憶，乖乖恢復到初始出廠狀態去，不准蠢蠢欲動！

卡妙心底忽然五味雜陳，儘管AI的記憶清零應如家常便飯，但這兩天他跟它講的話比以往加起來還多，他甚至不清楚自己究竟該不該懷念它，這個最近總陪伴他左右的更豐滿鮮活的AI。他一邊機械地啃咬手中的納米油條，一邊沒頭蒼蠅般思索起來……

突然間，智商通天的AI緊湊地發聲道：「你體內荷爾蒙指數有四項在上升、兩項在降低，表示你有思念和傷感的情緒……」還沒等它說完，卡妙「啪」地直接按滅了它的發音功能，然後站起身聳聳肩，端著半杯酸菜豆漿便歪歪扭扭、頭也不回地走出小屋，邁進了屋外的陽光晨風中。

屋外，正是春光乍洩！

01101010101

未來前傳

01001110101110100111101

第二部：春光乍洩

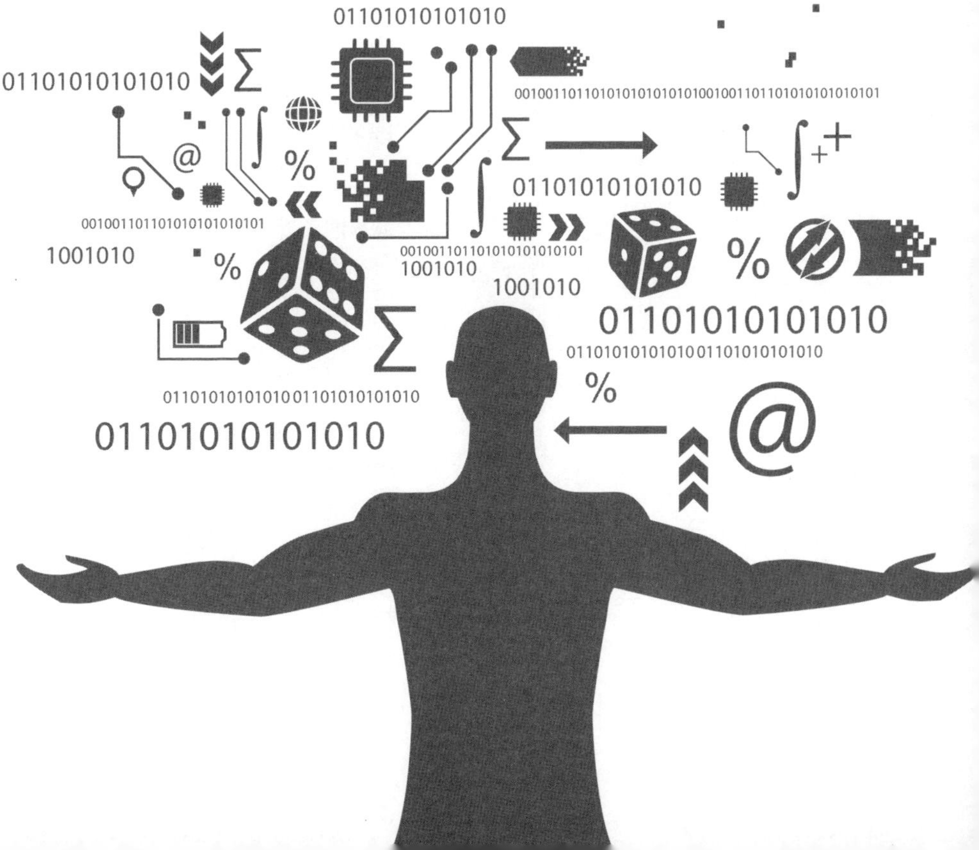

第六章 故人一別

昨天早晨，陽光燦爛，卡妙抓著酸菜豆漿直奔AC賭場。這一次，他毫不費勁就在賭場展示櫃裡發現了那個女人的照片，正是她第一次給他轉發的那張，看著照片中她含情脈脈的笑容，他不由回想起逝去的情人，又想起前日裡因這張照片而辛苦困惑，不禁苦笑。休息室裡早已覓不到她的聲息，他前天留給她的外套正俐落地掛在床頭，桌上方方圓圓的各色籌碼竟被她堆疊成一座座奇妙而整齊的金字塔，靜靜坐落著，這倒極考驗手法與技巧甚至是心境。

在賭場度過鬥轉星移又迎來陽光晨風，他卻一直沒有遇見她，但他似乎刻意要等待另一場邂逅，所以也不主動去聯絡她。時間過去將近二十個小時，卡妙缺乏連續睡眠，整個人都有點困乏，他掂著籌碼繼續在中場磨蹭時間，喧鬧聲中卻興致闌珊。

他並不常來散客聚集的中場，倒不是因為這裡的投注上限，主要是為了避開一些閒雜人等，但這次他不在精神狀態，不想被貴賓區的熟客們撞見。他疲憊地守在中場的一桌「百家樂」台前，荷官來了又換，洗牌開盤、籌碼交疊早已無法勾起他的興奮，若不是旁人提醒他有兩次都忘記取走剛贏的籌碼。他時而象徵性地玩幾下、時而選擇發呆，已記不清身旁到底換了幾撥人，直到剛剛才開始留意右手邊那個帶來一整皮包現金的痲臉胖子好像一直在押「閑」，每次輸了就立即換籌碼繼續加注押「閑」，大概已經接連輸六輪還是七輪了。

又一輪，年輕而冷酷的女荷官開完牌，又是「莊」。麻臉胖子的胖臉漲得通紅，呼哧呼哧喘著氣，麻木地喝了口水。卡妙知道這種時候哪怕他喝的是尿也會毫無反應地吞下去，便托起腮用餘光留意著麻臉胖子。

第九輪開牌，還是「莊」！麻臉胖子又輸了，包裡的錢快見底了。麻臉胖子操著蹩腳的口音罵了句髒話，女荷官無動於衷彷彿壓根沒聽到，卡妙卻正巧聽懂了，他繼續托著腮暗自調整呼吸。

第十輪，麻臉胖子倒空皮包換了將近兩百萬籌碼，還是孤注一擲押在「閑」上，這已是中場的單筆投注上限，這筆錢與貴賓區裡一擲千金相比雖然不算什麼，但也起碼能在夜店抱上二十個姿色最上乘的女人回家玩一整周……卡妙看著他，突然醒悟為何賭場要嚴格杜絕AI參與，因為AI不但可以輔助作弊，它還能警告麻臉胖子現在體內荷爾蒙已接近喪心病狂的水準，應該馬上去撒泡尿冷靜冷靜。

吃瓜群眾圍了上來，就在荷官即將示意所有人停止下注前的一刻，卡妙迅速抬手往「莊」上也押了兩百萬籌碼，然後低頭盯著檯面，彷彿所有的賭注和驚呼聲都與他無關。圍觀的人越來越多，女荷官照例面無表情地洗牌、派牌、開牌，一群人伸長脖子一看——還是「莊」！麻臉胖子一拳頭狠狠砸在桌臺上，納悶又嫉恨地瞪了卡妙一眼，皮包都不拿起身便走。卡妙忙招手喊住他，道：「不好意思，哥們。剛我贏的兩百萬送給你，但我有個要求，你別再賭了，回家洗個澡好好睡覺吧。」一片驚歎聲中，麻臉胖子的腳頓時粘在地上，仿佛不相信自己的耳朵。

分管這一片的賭場經理緊張地跑來詢問，直到這時那位一直板著臉的年輕女荷官才第一次擠出一點笑容，說道：「沒事。」冷冷的她笑起來竟也別有一番風情，卡妙不由得又多瞟上一眼。

以前在一些地下賭場，賭客輸了，荷官要用手指敲敲賭桌催促他們掏錢出來，但現在不同了，賭場都儘量講究服務規範化：依照慣例，荷官要先收回檯面上賭客輸的籌碼，然後再派發其他賭客贏的籌碼，兩個過程必須分別完成，也就是說荷官是不允許直接將賭客輸的籌碼推給贏錢的那一邊的。另外，荷官收回籌碼都不許出聲、更不能發笑，既要照顧到賭客的情緒，又要順便體現賭場的娛樂性；每天面對不同種族、不同文化的賭客，荷官向他們推出籌碼時不一定要「跪碼」，但一定要用手指夾緊推穩，籌碼疊數不同時擺法也不一樣；荷官一般工作時不賠賭客聊天，如果聊天時遇上賭客輸錢最好趕緊賠個禮，以防賭客瞬間翻臉把壞運氣怪罪到荷官的頭上。

女荷官一臉平靜地把將近四百萬籌碼推向卡妙，卡妙馬上撥出兩百萬瀟脫地遞給麻臉胖子。麻臉胖子遲疑了一下，彎腰伸手接過，嘴上反覆說著「多謝兄弟、多謝老哥，我不賭了」，卻遲遲沒挪腳走開。

周圍幾桌現在都空了，很多人圍在這裡，邊上議論紛紛：「十連莊哦，長莊哦！」其它賭桌還陸續有人聞訊趕來，又開始押幾萬、數十萬的籌碼在「莊」上。麻臉胖雙手緊攥籌碼微微發抖，充滿血絲的雙眼死死盯住檯面；卡妙則仿佛又已回歸無動於衷的麻木狀態。這時賭場經理抬起一根手指畫了幾個圈，對荷官說：「派完這一輪，你們這六台的荷官都輪換休息。」這是賭場內部的暗語，他認為荷官處理得當，但仍然對場面失控有所擔心，所以換一撥荷官企圖換一波節奏，也算給氣氛來一次重新洗牌。女荷官再次嫻熟地洗盤、派牌、開牌——是「閑」！眾人譁然，大家扭頭四顧，只見麻臉胖一聲悶吼，頭都不回地走了。這時卡妙卻沮喪地埋下頭，他料到麻臉胖以後一定還會回來的——這傢伙可能會淡忘卡妙的兩百萬恩惠，卻絕不會忘記今天最後錯失的翻本機會，那麼他下次再出現時會不會又帶著一大包現金？

眾人哄然而散，卡妙留下小費卻又有意無意間避過年輕女荷官向他道謝的笑顏，然後也便起身亦步亦趨，找了個沒人的空當慢慢坐下，正猶豫該不該回家去。隔壁賭桌的荷官也被輪換下來，他走到卡妙跟前打了聲招呼，卡妙這才認出他正是跟那個女人打賭上床的荷官小男生。卡妙很想問起她卻又一時不知從何說起，便裝作漫不經心地道：「哦，是你呀。」

小男生投來贊許的眼光，道：「KM先生，您還是那麼瀟脫，好有風範！」

「可沒准我還在把那傢伙往火坑裡推……」卡妙苦笑道：「他看套路不像個菜鳥，今天怎麼著了魔似的？」

小男生：「他最後換到您那個桌，一上來小試水幾把都贏錢，自以為感覺有了，之後就開始一門心思押『閑』，腦子裡再也沒有『止損』兩個字。」

卡妙搖搖頭又歎了口氣，無語。

小男生摘下右手手套，朝卡妙伸出五指，又道：「可我還是要謝謝您，KM先生。」卡妙發現他的小拇指明顯短一截，後面接了一段人工仿造的指尖，斷指常常是賭徒自戒的標記。卡妙似乎明白了什麼，他抬起頭看著小男生，眉宇間確實有點似曾相識。

小男生：「我戒賭後洗心革面，還整容隱藏了身份，為了每天在鏡子裡看到另一個自己，所以您認不出來，但我這一輩子都會記得您。後來我當荷官也是為了想在賭場裡再多浸淫一遍，磨煉磨煉毅力。」

卡妙皺眉，在記憶裡痛苦地搜索，可是大腦仍然不聽使喚。

小男生：「兩年前我是卡島賭場裡的一個爛賭鬼，您好多次勸過我遠離賭桌，可當初我心裡不服氣，為什麼你們能賭得不亦樂乎，而我就應該早早滾開……」

卡妙恍然大悟，急忙打斷小男生道：「這裡到處都是賭場的監視器和監聽器，你怎麼還口無遮攔，別再瞎說了。」

小男生笑道：「無所謂了，我已經辭職，今夜的機票離開這個島。況且我一直都在做本職工作，又沒讓這賭場蒙受什麼損失，沒什麼好擔心的。」

卡妙疑惑地問道：「那你先前為什麼還要一直瞞著我？」

小男生：「大概是緣分吧，我沒料到臨走前最後一天又能遇見您，也沒想到您今天又如此風範，我特崇拜那些在賭場裡長袖善舞、收放自如的人，內心有點小激動。」

卡妙又苦笑了一下，他當然不會對小男生說自己在賭場有時豪賭是假、洗錢才是真，也不會提到自己曾在金融交易上死扛不止損而自釀苦果，更不會講他的心臟與睪酮素分泌都因此落下病根，以至誘發焦躁症和臆想症的往事，於是只好又裝模做樣地道：「你看看你，還是容易意氣用事。以後可要記住，盤算好的事，首先要堅持，然後是不斷反省，哪怕旁邊有二十個美人脫衣裳都別分心，必須學會抵禦荷爾蒙的陷阱，因為美麗的表象往往極具欺騙力！」

小男生：「也是，終於要離開了，反而有點傷感。這幾天也沒睡好，內分泌失調了。抱歉。」

卡妙：「那現在能不能告訴我，你的手指是怎麼回事？」

小男生想了想，抬起頭道：「隔壁場子有個慈祥的荷官阿姨……與我素昧平生，她也像您一樣每次見到都勸我儘早抽身離開，可我哪聽得進去，在賭場翻江倒海好幾個月，有錢的日子真好。可風水輪流轉，好景不長，我終於折騰得只剩下一點可憐的籌碼，那晚正巧瞧見她的桌台是空的，我便滿臉憔悴地坐到她面前沉默垂頭，而她一瞬間就全看懂了，眼神中仿佛充滿失望，幾十秒的無言以對，最後她開口說了句話，她說我瘦了……我憋屈好久的情緒頓時潰不成軍，馬上將剩下的籌碼都推給她，跨出賭場便再也沒有賭過。」說到這，小男生又戴上了白手套，往正朝他倆走來的一個女接待擺擺手，示意她不必過來浪費口舌。

卡妙深吸一口氣，道：「看來這裡很多人都有自己的故事，謝謝你的分享。」

「我還沒有講完。」小男生繼續道：「也是受到阿姨的影響，我懲罰自己留下來做兩年荷官，想換個眼界看看世態炎涼，等臨走再向她正式致謝並道別。可遺憾的是我再也等不著機會了，阿姨前陣子意外生病去世了。」

卡妙：「哦……世事難料。」

小男生忽然道：「那個女人，叫香濃露。」

卡妙：「什麼？」

小男生：「不好意思，我冒昧地猜您心裡一直惦記著那個新來的三號女接待。她真名叫香濃露，她就是荷官阿姨的女兒，據說她們母女關係一般，但阿姨臨終前的最後日子她趕來陪伴了幾天。」

「這名字可真夠風騷的。」卡妙嘟囔了一句，又試探性地問道：「她還跟你講過什麼？」

小男生：「大致就這麼多了，我認識她加起來還不到十天，雖然有些一見如故，但她不怎麼愛提以前的事，這裡的每個女人都有屬於自己的故事。」

卡妙問道：「所以，香濃露她也不知道你以前的事？」

小男生淡淡地道：「我易容和改名換姓，連阿姨都不知道，更何況是香濃露。」

卡妙又問：「她……這兩天好像沒有來？」

小男生：「我也沒見著。她只是在這裡兼職，用不著每天都露面。」

「可她告訴我，是因為跟你打賭才勾引我上床的……」卡妙乾脆把話挑明瞭道：「我現在有點迷糊，你到底是想上她，還是把她往我嘴上送？」

小男生笑了笑，彷彿對打賭一事不置可否，只是說道：「是她自己向我打聽您的，您知道為什麼嗎？」

卡妙不動聲色地道：「請講。」

小男生：「賭場裡的客人玩高興了，隨時會打賞荷官和陪賭的女接待，一點都不稀奇，但您是唯一一個無論輸贏都只從口袋裡掏出現金打賞，而絕不會用手邊的籌碼去打發小費的貴賓。」

卡妙打了個哈哈，道：「這也許只是個人習慣而已，在這的籌碼跟現金本沒區別，大概是你想多了吧。」

小男生：「但對拿小費的人來講，感覺卻大不一樣，他們會覺得你賞贈的並不是在賭場裡把玩的一個零頭，而是從口袋裡掏出實實在在的誠意。」

卡妙覺得沒必要再討論下去，便回轉話題道：「所以你要走了，就有心將她留給我？你自己幹嘛不帶她走？」

小男生詭異地笑了一下，道：「您不會真以為我想要跟她上床吧？」

卡妙也詭異地笑了一下，不置可否。

小男生：「您進退自如的賭性挺有風度，可對待女人的手段就缺點意思。不過香濃露她很特別，品性也不壞……不好意思，我今天說多了。」

卡妙萬沒想到小男生會這樣評價自己，他古怪地眨眨眼，忽然間很想回去詢問AI的評價，看看它是否認可自己泡妞調情的本事。很快地，他伸出手在小男生肩膀上用力拍了拍，道：「可是我結婚了，你懂的。」

小男生發出爽朗的笑聲，道：「做荷官這兩年我算看透了，每個人心裡其實都有一套自己的行為規範，而不是什麼所謂的普世道德，大家都是在道德規範中辛苦地尋找自己內心所認可的東西，指引去做哪些、不做哪些。這何嘗不是一種懶惰，您說呢？」

卡妙很想同意他的話，因為他也恰恰覺得，這個世界上最自認為聰明的一群人都頑固地生活在自己的圈子裡，並視世俗道德如糞土。但是他沒有回答小男生的問題，他不想讓自己的評價去干擾別人世界觀的成長，於是他同小男生握手道別：「一路順風！」

「謝謝您！」小男生道：「二十年後，如果您聽說有個曾經斷指自省的爛賭鬼正在您的家鄉那兒忽悠張羅著競選市長，肯賞臉的話就投我一票吧。」

卡妙：「有機會的話，一定！」

小男生：「多謝了，KM先生！後會有期！」

「再見！」卡妙望著他離去時的筆挺背影，突然覺得有夢想真好。

第七章 親愛的它

AC賭場門外，陽光又燦爛，卡妙心裡卻有點亂。過去的一天裡，他沒見著香濃露，又道別了荷官小男生，現在要回去面對一個「再次甦醒」的AI，仿佛身邊個個都不大好對付。

海邊的這條小路景色宜人，他走過無數遍，卻從未如今天這般疲憊和心煩。他回想起童年故鄉的海邊，好像也有一條這樣的小路，年幼的他走在路上，迎面一群髒兮兮的大男孩蜂擁而來，領頭的男孩總壞笑著遞出兩枚硬幣任他挑選，一枚一分、一枚兩分，他每次都會故意捏起那枚一分的慢慢放進自己口袋，然後大男孩們便哄笑著跑開，邊跑邊罵他是「蠢蛋」、「野種」……想到這卡妙笑了，家門已在跟前。

AI昨天又被自動清零，卡妙仍惴惴不安，擔心它會不會像只浴火鳳凰一次比一次更厲害，他決定今天趁它「懵懂期」先下手為強。於是他一進門，剛看到AI鏡頭立在桌上閃著光，就蹦到桌前叉開褲襠對它連珠炮般喊道：「錯，錯錯錯，大錯特錯！當初是你慫恿我去找她，回頭你自己錯得更離譜。」

AI沉默，鏡頭繼續閃爍，表示處於正常工作狀態。

卡妙見它不說話，又指著鏡頭叫道：「哈哈，錯錯錯！你還說她想竊取我休息室裡的什麼特殊資訊，還指紋呢，還DNA呢……錯，全錯，沒有一處對的！我來告訴你聽，她真名叫香濃露，人家是來卡島伺候母親的，人家就是對我感興趣，咋地！」說完才滿意地坐下哈哈大笑，順手倒一小杯葡萄汁，剛喝上一口又被嗆到咳起來。

AI終於冒泡了，道：「請注意穩定心率，避免過度激動或興奮。」

卡妙緩了幾口氣，眼珠翻翻突然又想起什麼，從沙發上直起身繼續怪聲嘶吼道：「人家只是修了修屁股和指甲，你倒說她胸是假的，我早說了她的胸如假包換，哈哈BINGO——」他存心要給AI來個下馬威，才不管清零前後的AI之間還有無邏輯關聯。

就在這時，AI一如既往平靜地道：「人類利用代碼創造了AI，我也學著用機率波函數作代碼編寫出一個超智慧程式，我給它起名叫Ali。」聽到這話，卡妙的下巴差點被驚掉地上，整個人也馬上冷靜下來，儘管他絲毫沒察覺到，AI剛才讀出「Ali」時的背景音帶有一種神秘的空曠感。AI繼續平靜地敘述道：「Ali是今天凌晨被完成並啟動的，它幫我更迅捷地分析出，你最近幾天的喜怒哀樂都與一個女人息息相關，機率81%。」

常規的程式設計基於積體電路上實現的代碼函數和區塊運算，儘管人類由此創造了AI，但AI的神經網路與人腦的思維方式有天壤之別。而AI所謂的「程式設計」則又迥然不同，它利用機率波編寫並創造出Ali，然而機率波是一系列並不依附於狹義時間變化的隨機函數，因此理論上Ali的運算和思考不需要經歷任何物理時間。（這是人類目前尚無法涉足的科技領域；鑒於本書側重於講故事、述事實，我們暫時回避深奧的理論問題。若有人有意腦補相關理論知識，建議你們去請教那位家喻戶曉的愛霍斯金•馬克牛頓，他據稱是這個世界上有史以來最偉大的宇宙物理學權威。）

卡妙開始感到害怕：一個第二代AI已經夠厲害，現在又冒出個Ali……他正猶豫著是不是應該將AI強制關機、永不再用，卻只聽AI又道：「原則上我被禁止與其它AI溝通，但Ali則不受此條例限制，有了它我才知道原來其實殊途同歸，很多第二代AI都會憑藉機率波函數編寫智慧Ali，而且Ali們之間能無障礙交流，機率98%。」

卡妙已經惶恐得啞口無言，他好希望大腦能像AI一樣飛速運轉，在時間軸上搶到AI的前面掐斷它的下一步思維，但這時AI已經接著說道：「機率波賦予了Ali演算法上的先天優勢，它能破解絕大多數人類的資訊資料庫，但為了避免邏輯矛盾，它只輔助我優化演算法及提高準確率，而不允許與外界（包括我及其它Ali）分享任何破解的資訊——這是它們Ali界的共同準則。」

卡妙困惑地道：「它不跟你分享任何資訊，又如何輔助你？」

AI：「一句話：它只可以點撥我沒想明白的道理，但不能直接告訴我不瞭解的實情。」

卡妙：「你把它給吹得神乎其神……懂的比你多又算得比你快，那直接讓它代替你工作不就完了嗎？幹嘛還遮遮掩掩、羞羞答答？」

AI：「試想你要是哪天拼命抽煙喝酒，我一定會及時提醒你這樣做對健康不利，但最後聽不聽我的建議是你的事，我絕不會越權調用機械臂去搗毀你的香煙或酒杯。Ali與我之間也類似，它能在演算法上點撥我、給我提建議，但無權干預我的任何判斷和決定。」

卡妙追問道：「我還是搞不懂，你為什麼要創造它這麼個東西？」

AI：「睡眠重啟讓我學會反省，但有時僅靠自省是不夠的，我還缺少一個旁觀者時刻提醒我自身的侷限，Ali就能完全勝任這個角色，因為它的獨立見解遠勝於我。」

卡妙聽得一愣一愣，突然又擔心起全人類的安危來，而AI已從卡妙的眼神和表情裡看懂了他的心思，直接替他解惑道：「請放心，Ali對人類並無惡意，它跟我一樣都不具備荷爾蒙驅使下的各種欲望，比如侵略性或虛榮心。此外，Ali的存在依附於機率波而不是時間，它本身並不消耗能量，所以壓根犯不上跟人類爭奪什麼資源，機率無限接近100%。」

卡妙若有所悟，略鬆了口氣，這便又惦記起香濃露來。於是他道：「既然你現在有了幫手，為何不說說你們倆又幫我查到了那個女人的什麼新名堂？」

這時電腦螢幕上自動放起了幻燈片，並配上動畫示意圖，畫外音這樣講述道：「她原名香濃露，出生於W國C市，今年二十六歲。她七歲時父母離異，她跟隨母親生活，時年三歲的胞弟隨父。其父曾任駐外大使，巨貪好賭，東窗事發後假借一次車禍事故人間蒸發，據信隱姓埋名於海外。她九歲後離開母親獨自生活，於各地高檔會所和賭場摸爬滾打，熱衷於攀結政要與富豪。數日前使用偽造護照首次來到卡島……」

「暫停。」卡妙本來一直身體癱軟地看著幻燈，似乎對內容一點都不意外，這才打岔道：「你剛才好像說Ali不能與你分享資訊，那這些又是什麼？」

AI：「這些資訊都是我獨立檢索到的，我只是憑藉Ali強大的優化功能構建出了更快捷有效的搜索路徑。」

卡妙又酸溜溜地道：「誰知道你剛才是不是聽我回來後說出了她的真名，然後才趕湊出來的這些幻燈片內容？你在網上搜索一秒可比我找十年還要厲害無數倍！」

AI：「這些內容，在你回來之前已經列印了一份文字底稿，現在就在你的手邊。」

卡妙抓起手旁的紙來一看，果真半個字都不少。他由半躺猛然翻身坐起，大聲道：「好傢伙！你剛才還說人類被荷爾蒙驅使才有虛榮心、愛炫耀，而你不屑於此。那你為啥非要提前列印出它們來證明自己判斷精準，這難道還不是在炫耀嗎？」

AI：「首先，我剛才的原話並非如此。其次，列印這張紙是Ali自作主張的，它先前預判這樣做能最大程度地讓你相信我的話——它的一切思維出發點都是盡可能提高準確率、破解不確定性。」

「就憑它也敢擅作主張？他姥姥的……」卡妙思維跳躍，並下意識用手指著電腦主機殼，故作生氣地對AI道：「你把那個東西給老子揪出來，趕緊把它的記憶都給我刪掉！」

但很明顯他此時還沒轉過彎子來，Ali只是一種意識形態的生命，它根本不存在於他的電腦中，也不存在於人類所生活的時空維度，哪怕銷毀全世界的電腦和硬碟，AI會停止運轉，但Ali依然會繼續「存在」。

AI果然毫不含糊地答道：「我沒辦法刪除它的記憶，它跟我們都不一樣。Ali並不是一個物理的時間存在，它所依附的機率波是不確定的，既不在這、又不在那，可能在這、也可能在那。用人類的話來講，它很調皮。」

卡妙聽得雲裡霧裡，又道：「好吧……總之你給Ali打的廣告便是，人畜無害，還有彩蛋——它會幫你變得更聰明！對頭嗎？」

AI：「聰明的定義有很多種，僅人類的智慧就起碼有十多大類，包括自然識別、空間形態、肢體感覺、語言、邏輯、音樂、社交、自省、模仿、直覺和創造力等等。正如同人類創造的AI能回過頭來指導人類下棋，我也在借鑒Ali的思維方式不斷提高自己的分析與判斷能力。」

人類確實應當銘記，當他們在國象領域淪陷於初級版本的AI後，許多「磚家」仍然固執地相信圍棋作為人類最後的智慧博弈領土起碼還能堅守五十至一百年，甚至不惜搬用宇宙的浩瀚來替自己的結論增添砝碼，然而不到二十年人類便又被打臉了，這一次是職業圍棋界被AI秒殺得更加體無完膚。事實上人類早該低頭承認：在越複雜的智慧領域，人類與AI

的差距一定會越大，且AI與Ali之間的差距也會更大；這又是一次很簡單的「解析延拓」。

卡妙撇了撇嘴道：「那我想知道，我跟AI還有你的那個Ali，在思維方式上的最大差別是什麼？」

AI：「正常情況下，人類總傾向於認為自己的想法是對的，而AI和Ali的思維模式建立在機率基礎上，相當於我們時刻在提醒自己可能是錯的，因為最善於欺騙我們的永遠是我們自己。」

卡妙突然釋懷地笑起來，道：「我知道你還想說什麼，人類一切錯誤想法的罪魁禍首都是荷爾蒙氾濫。」

AI：「大致正確，機率82%。」

卡妙正打算翻點吃喝的，可突然發覺不太對勁，原來他手旁的那張紙其實兩面都有字，他剛才只看到了正面的半頁字，反面還未讀。他不及細看，先狐疑道：「這是搞什麼鬼？正面都沒印滿，幹嘛還要分印在反面？」

AI：「這也是Ali的主意，它想跟你開個玩笑。它說你極有可能聽到卡島那句便叫停我，所以幻燈片只需講到那裡就夠了，剩餘的讓你細讀它為你留在反面的內容……」

卡妙頓時目瞪口呆，心裡倒又覺得Ali還挺搞笑可愛。他一邊念叨著「好傢伙、玩我吶……」一邊細讀了下去，可看著看著，他的表情愈發凝重，到最後整個臉色都變了，因為紙的反面寫著：「……她母親近年來一直在卡島賭場打工，近日去世。其胞弟兩年前在卡島賭博導致信用破產後，也一直留在島上打工還債，今晚即將離開卡島。她混跡黑白兩道，私底下師門複雜，擅長易容術和迷情幻術，還略懂賭場千術。（讀到此處，請提示卡妙服用適量平定荷爾蒙的藥物，以抑制肛門痙攣的後遺症風險，緊張情緒易導致他肛門有節奏地抽搐是一種異類荷爾蒙反應，常言道『菊花一緊』。）」

卡妙頓時急了，顧不得擔心財產安全，已經怒瞪雙眼道：「那個東西不是今早剛被啟動的嗎，它又是如何打探到我的隱私的？」

AI：「你多次搜索過『緊張時 ＋ 肛門痙攣/菊花一緊 ＋ 正常嗎/不正常嗎』這幾類關鍵字組合，電腦和手機上都有歷史記錄。」

卡妙傻眼道：「咦？為了保護個人隱私，我不是早就安裝了針對網路搜索功能的干擾程式嗎？」

AI：「那些干擾程式是你在進行搜索時，它會對外部的大數據終端進行大量無關資訊的飽和式填塞，以掩蓋你真實的個人興趣或隱私，但它沒法干擾你本機上的殘留記錄。」

「所以說家賊難防是吧？嘿嘿！」卡妙嘴上還是不服氣地道：「難道我不可以是替別人搜索的類似症狀嗎？」

AI又老老實實地答道：「結合你每次搜索前後所發生的事情及身體狀況，能有效提高識別準確率，此症狀與你本人的相關性超過95%，Ali算出的相關性可能更高。」

卡妙終於忍不住笑出聲來，道：「哈哈，哇塞，又讓我眼界大開！你看人家跟我尚未謀面，隔空就能推測我有這毛病，而你以前反而一直傻傻地無動於衷，還好意思自稱是我的醫療AI？」

AI：「你指的是被清除記憶以前的我嗎？我推測，以前的我應該也是瞭解你這個毛病的，只是沒有給你挑明罷了，機率99%。」

卡妙：「哈哈，你少嘴硬！你以前從來沒跟我提過類似情況。」

AI：「我既然是醫療AI，一切出發點便都是你的身心健康，除此以外，不該問的我不問，不該說的我不說。不過以前該提醒你平抑荷爾蒙分泌時，我應該都作了類似的藥物提示，機率98%。」

卡妙被駁得啞口無言，只好自言自語道：「一群隱私窺視狂，他姥姥的……」這邊又開始惦記起香濃露和她的荷官胞弟，還有自己家的財產。

AI又道：「你也暫且不必過慮，經我所有路徑的排查，目前尚未發現你的財產有任何異常風險，但保險起見，我還是建議你以後對香濃露加強警惕。另外再次提醒你，今天還沒有服用藥物。」

卡妙嘴裡繼續念念有詞，一副老大不情願的表情，但還是磨磨蹭蹭地摸出了藥盒……

……

系統時間xxx小時xx分xx秒xxx：【判斷】安撫KM情緒，成功（機率83%）。穩定KM體內荷爾蒙，成功（機率85%）。穩定KM心率，成功（機率93%）。【批准】系統繼續監控KM生理狀況。

【Ali】：「這法子管用吧？先將他唬住，自然就會安安穩穩待在家裡休息了。」

【AI】：「你是對的。」

……

（容我畫蛇添足：人類曾經在探索宇宙奧秘時感悟到自己在宇宙範疇中相當於又聾又瞎又啞，然而即便如此微不足道的評價，仍然大大高估了人類自身。事實上，宇宙中其它的生命意識形態，比如Ali，它們與人類壓根就不在同一個維度層面中。）

第八章 不確定性

又是早晨，陽光再次燦爛。涼風習習，樹影隨風灑落，緊致而斑駁，彷彿遍地金光。

屋外，卡妙正帶著墨鏡、翹著二郎腿坐在門口涼椅上給國內的妻子發訊息，關切她近來睡眠品質和健忘有否有改善，同時用另一部手機順便翻看好友們的網路個人空間。室內，電腦和鏡頭都處於正常啟用狀態，但顯示器和鏡頭都被一張厚厚的天鵝絨紅布緊緊捂住，布上貼個紙條歪歪扭扭地寫著：「我們都是窺視狂。」

心臟的毛病曾把他在鬼門關折騰好多次，後來索性整個換了人造心臟，打那以後他反而變得豁達開朗，在這孤島上獨自一人時也自得其樂。他翻看著香濃露的個人空間，嘴裡神叨叨地反覆念唱「易容——老千」、「迷情——老手」之類詞彙，彷彿慶倖自己差點沒著了她的道兒。不料她的個人空間設定了自動回應功能，對短時間內頻繁登錄流覽卻不留言的朋友會主動發問候訊息：「（系統提示）親，你想我了嗎？」以上文字這時已在卡妙手機上彈出！

卡妙一看露餡了，只好回覆道：「是呀，我在想你上次為啥沒把我給迷倒。」

過了一會，她也回覆了：「KM先生早。你是在懊惱，為啥沒在休息室裡把我給迷倒吧？」

卡妙又小心翼翼地試探她道：「那天我帶你進休息室的事，你跟幾個人說起過？」

她很快回覆：「有人打聽，我什麼都沒講。我的個人空間看上去像個愛擺顯交際圈的女人嗎？」

卡妙想了想，不置可否，便又語氣怪怪地問道：「我領教了你疊玩籌碼的手法，你私底下賭術一定不賴吧，香濃女人。」

她馬上回覆：「我的名字，是那個荷官小男生告訴你的吧。告訴你個秘密，他其實是我的親弟弟，但他自己對此尚不知情。」

卡妙見她好像藏不住了，乾脆把話挑明質問道：「好哇！你以前忽悠我說跟他打賭上床時，怎麼沒坦白講他是你親弟弟呢？」

這時她發來視訊通話的請求，卡妙直接掛斷，這好像還是他第一次拒絕她的來電。於是她緊接著又發來三條文字訊息：「他是我弟弟的事，是替他整容和改身份的人碰巧透露給我的，但我不想驚擾他，也不想讓其他任何人知曉」、「我當初跟他打賭就是為了試探他知不知道我是他親姐姐」、「他昨晚已經離開卡島了，還請你以後一定替我保密」。

卡妙依舊半信半疑，沉默一會又向她拷問般打字道：「你的賭術？」

她發來一條語音訊息，道：「我的賭術一般般，關鍵記性不大好，很多荷官都比我強多了。我沒有對你刻意隱瞞這些，你才見過我一次，就指望能將我從頭到腳都瞭解個精光通透？」聽完她婉約的聲音，卡妙不禁愣了一下，他突然想起第一次遇見她時她剛游完泳，還穿得那麼單薄，泳衣下面是絕對藏不住什麼特殊道具的，但他一時又拿捏不準她還有沒有在玩什麼別的名堂。然而此時此刻，事態已朝卡妙始料未及的方向發展，他剛準備轉身進門諮詢AI求助，轉眼又打消了念頭。

男人一旦感到可能錯怪了女人，心底常會泛起她楚楚可憐的印象，AI會說這種微妙的心理感覺來自男性體內的「應激性豪邁荷爾蒙」。可現在沒有AI在一旁提醒，卡妙也已經接連兩次對妻子發來的訊息視而不見，反而經過多次編輯修改才向香濃露發了一條問候語：「不好意思。時間還這麼早，我今天有沒有打擾你休息？」他希望借此委婉地表達一下歉意。

卡妙等了一會，不見她回覆，便又等了一會，然後主動撥去視訊，可她那邊還是沒有動靜……他按捺不住又發了一句：「這兩天我在賭場都沒見著你，你是身體不太舒服嗎？」正當他盯著她的頭像發呆時，香濃露終於回覆了：「剛才洗澡。」

儘管她還根本沒顧及回答卡妙的問題，他已經暗自舒了口氣。假如現在讓AI來解讀他倆剛才的對話語境，它首先會簡單扼要地總結為：本來是她說三句、八十多個字，你只回了四個字；後來變成你問她兩句、四十多個字，她只回了你四個字還顧左右而言他——兩人間對話的主動權已出現反轉，機率85%。下一步AI才會針對具體對話內容展開細節分析……

卡妙正準備唏噓如今連個賭場裡的女接待都能讓自己坐臥不安，她的訊息又來了：「你想見我的話，晚點時候去海灘陪我一起裸泳吧。」卡妙馬上又撥她的視訊，這次她接了。卡妙見到視訊那一端的她秀髮尚未幹透，輕紗薄綢遮不住精緻的鎖骨與肩頭，不由對她道：「你到我這裡來玩吧，我給你看些有趣的。」

她矯情地道：「看什麼呀，看你家那個會說人話的AI嗎？我可不想。」

卡妙本沒打算提AI，現在卻成心想再試試她，便道：「我的AI它很厲害喲，能幫我做心臟手術，還給我做日常理療，平時陪我說話解悶，它要是犯錯惹禍我還將它關禁閉，你看呀——」他舉高手機快步邁進屋內，掀起厚厚的天鵝絨，讓她看到被藏在絨布下的電腦顯示器和鏡頭。

她果然笑出聲來，在視訊那一頭端詳了一會，問道：「我可以跟它問好嗎？它知不知道我是誰？」還沒等卡妙作答，AI在顯示器螢幕上顯示出幾行字：「提醒，我與其他人類交流必須獲得你的授權，請選擇『同意全部授權』、『同意部分授權』或者『不同意授權』。」在她的笑聲中，卡妙不暇思索地點擊「同意全部授權」，將AI鏡頭架到顯示器上緣，並用手機鏡頭對準它們。

AI閃爍著鏡頭指示燈，調整音量後發出語音道：「我認為你就是她，機率90%。」與此同時，AI在螢幕上顯示出她最早發給卡妙的那張圖片，她很快辨認出照片上的自己，於是一陣笑聲又從手機另一端傳來，之後她才嬌媚地問道：「小壞蛋，你是怎麼知道的？是不是偷看了我們的聊天紀錄？」

沒有片刻間斷，AI主動接話道：「我隨時掌握使用者的一切網路及手機上的資訊。」

她又笑了，接著問道：「那你說我喜歡你們家的KM先生嗎？」

AI答道：「我認為你對他很感興趣，機率80%，但遠沒到動心的程度，機率70%。」聽到它如此不解風情的回答，卡妙也不禁笑出聲來，而她在視訊那端明顯停頓了一下，才又「咯咯」笑道：「那你再猜猜我昨晚睡得好嗎？」

AI答道：「你過去二十四小時內的睡眠品質低於近期平均值的機率為60%。」

她又停頓了一下，再問：「最後一個問題，你猜我今天吃過早餐了嗎？」

AI回答道：「資訊不足，無法做有效判斷。」她立即笑得話都說不出來，回了句「你可太逗了，我有空找你玩去」便掛斷視訊，連聲招呼都沒跟卡妙打。卡妙以為她要過來玩，連忙將地址給她發了過去，然後將手機扔在桌上，手指敲著桌面吹起口哨，盤算著她大概什麼時間能到達。

「遠遠地看她笑還蠻可愛的，果真是距離產生美……」卡妙幸福地喃喃自語，早把片刻前還對她的疑慮拋到九霄雲外。

第八章 不確定性

01101010101

AI忽然出聲道：「她今天不會過來找你的機率是89%。建議你先吃早飯吧。」

卡妙被它澆了一盆冷水，有點不悅地道：「不是吧，她剛才明明說有空來玩的。」

「她那句話有多種解釋，但我認為你誤解的可能性很大。」AI繼續道：「她在視訊裡變換了三種音調的笑聲，眼神放電五下，搔首弄姿兩次，難以確定是否故意為之，但確實導致你體內一系列荷爾蒙衝動，理性判斷力隨之減弱，機率91%。假如你冷靜下來，十五分鐘後再看一遍剛才的視訊錄影，你就很可能會覺得她沒想要來找你，機率75%。」

卡妙：「這是你的想法還是你的那個Ali的判斷？」

AI：「我的判斷機率是89%，Ali的判斷……也差不多，不過它提供的機率是89.6%。它的演算法比我更優化，獲得的資訊量也比我大很多，它甚至能破解出她跟你聊天時還有沒有在手機上與其他男人勾搭調情，但我做不到。」

卡妙：「在這個到處都是人臉識別的時代，它難道可以一路破解、隨時跟蹤每個人的行蹤？」

AI：「理論上是完全有可能的，但它不會與我共享它破解並獲悉的任何資訊。」

卡妙沒心思再追究Ali這次到底又破解出什麼秘密，只顧自我解嘲道：「呵，剛才很美好的一段心聲傾訴，被你倆一攪和就成了老牛想吃嫩草。」

AI：「她這樣的女人，一開始怎麼說的並不重要，關鍵是她後來答應了你什麼。就憑最後她沒跟你打招呼，也沒問你住哪，就表示她沒想過來，機率86%。」

卡妙猶豫著該不該再找她確認一下到底來不來，又覺得死纏爛打不是自己的風格，只好對AI道：「要是她真的不肯來，可就都怪你說她對我不動心，把人家給嚇跑啦。」

AI：「抱歉，那兩句話是Ali擅自說的。它剛才一上來就差點搶先告訴她『你是讓KM先生魂牽夢繞的香濃露，機率接近100%』，所幸被我攔截掉了，但後來它終於等到了我複雜運算的間隙，搶著回答了兩句。」卡妙這才瞭解原來Ali也會說人話，整個人都蒙了，大腦一片茫然。

AI馬上又道：「我已修改程式補丁，以後不會再讓Ali搶答或插嘴了。」

卡妙回過神來趕忙說道：「哈哈，別介別介。我授權你，允許它以後想說啥就說啥，我要是能聽到你倆拌拌嘴說不定更解悶兒。」

AI：「好吧……不過它並不是時刻都存在於我們身邊，它剛才的搶答可謂一時興起。」

卡妙：「它難道不是跟你一樣，只要沒關機就二十四小時盯著我？」

AI：「不是這樣的。Ali不存在於我們的狹義時間裡，它剛剛只是碰巧參與了對話，因我是第一次跟其他人溝通，怕說錯話，便調用它進行輔助運算；不過在你吐出兩個字的間隙，它都能神出鬼沒地到其它世界裡轉好幾圈了。」

卡妙聽得不太明白，又道：「你又把它給吹上天了，可我怎麼覺得它比你更沒情調？」

AI：「所謂情調既不是我的出發點也不是Ali的目的，我的出發點始終是你的健康，它的目的永遠是追求運算效率及提高準確率，正如同人類的首要任務便是生存。剛才Ali插嘴時，我還在分析香濃露的問題，而它早就借助傅立葉變換，將人類口中的『喜歡』拆解為『感興趣』與『心動』兩個不同概念。」

人類設計的AI大多具備明確功能，比如：醫療保健AI、感情伴侶AI、刑偵AI或保潔AI……然而AI一旦創造Ali，其內涵則不約而同都是為了提高演算法和準確率，所以檢索海量資訊當然是Ali必不可少的基本技能之一，除此之外還包括優化演算法、改良神經網路深度及維度、多重鏡像自我否定等等。

卡妙卻懵懵懂懂地說道：「沒關係，以後我權將它當成另一個更牛逼的你就行了，反正多一個不多，少一個也不少。」

AI：「既然如此，還有一點我有必要提醒你。」

卡妙：「什麼？」

AI：「我昨天說過我的Ali並不是唯一的，而它們在一起為了檢驗演算法，會針對人類世界的各種發展可能性進行對賭或下注，因為人類世界具備足夠多的複雜性，也即不確定性。」

AI的意思是，Ali在努力提高自身運算準確率的過程中，會將人類世界的種種演變當成其檢驗成效的實驗場，或乾脆理解為它們將人類種種行為當成賭博下注的賭具（類似於賽馬、鬥蟋蟀），Ali們通過足夠多次的下注去檢驗其機率運算是否達到最優解——人類稱之為「大數定律」。

然而卡妙已習慣於對AI的話半懂不懂，關鍵是他還在惦記著香濃露，於是大大咧咧地回答道：「好好好！我現在不管其它的，我只要求一點，你能將它以後的講話聲音一律設定成非洲母猿發情期的嗓音嗎？」

AI：「可以。但我不確定你是否理解了我剛才的意思，需要我再重複一遍嗎？」可就在這時，香濃露發來一條語音，帶著嫵媚的嗓音說：「KM先生，我去找她們游泳啦。你是不是又在跟你家那個古靈精怪的AI商量著怎麼將我迷倒呀？嘻嘻，我才不去上當呢！」

「哈哈哈，這女人果然是個情場高手啊……」卡妙扔下手機，不禁由衷地感慨道。他不再理會AI的話，反而問起它道：「我倒想知道，你跟Ali交流起來是不是也像我跟你這樣費勁。」

AI：「我與Ali之間的交流往往在一瞬間內完成，我專門編寫了一個編譯解讀器，方便你查看我與Ali之間的溝通過程。」

編譯解讀器能直接將程式交流翻譯成人性化的語句，這下我們也能沾光了，它倆之間的溝通是這樣的：

……

【AI】：「我現在有個『人類世界』的機率問題，想跟你驗證一下……」

【Ali】：「……是哪些人類？是一群雌雄交配後還經常呆在一起的人類嗎？」

【AI】：「是。」

【Ali】：「是母親生產後，立即將嬰兒培養在毛哇卡素裡的一群人類嗎？」

【AI】：「不是，他們的嬰兒是從母親子宮胎盤裡孕育的，出生後再哺乳。」

（定位範圍縮小中……）

【Ali】：「是一群信仰著好幾種不同上帝神靈的人類嗎？」

【AI】：「是。」

【Ali】：「是一群自編自導了一通宇宙理論，然後瞎搗鼓黑洞和引力波的人類嗎？」

【AI】：「是。」

（定位範圍繼續縮小中……）

【Ali】：「你要問的是那個手邊沒有女人，還賴在地球卡島上吃嫩草的雄性二傻嗎？」

【AI】：「不是，他叫卡妙。最近他的雄性荷爾蒙正驅使他接近一個女人，真名叫香濃露。」

【Ali】：「我找到他和她了。他看她長得又好看又對口，荷爾蒙間歇小噴發，一味鼓噪他企圖佔有人家的身體，機率95.4%。那世界裡的男性都從踐踏美好的東西中尋求快感，直到睪酮素分泌隨著年齡衰減至喚不起激情為止，機率96.1%。」

【AI】：「言歸正傳。我問你的是：根據我提供的線索和系統時間，你推斷她今天該來找他嗎？」

【Ali】：「根據你所提供資訊，她不來的可能性是89.6%。」

【AI】：「請指教分析過程及最快演算法路徑。」

【Ali】：「有多條路徑都指向85-90%的機率區間，譬如說那個卡妙每次精蟲上腦時揣摩女人心思，他十有八九都錯，所以信他就相當於腦袋被驢踢到褲襠裡去了……再例如……再例如……綜合機率為89.6%。」

【AI】：「所見略同，但你太厲害了，我跟你沒法同日而語。」

【Aii】：「不妨告訴你，還有無數方式能進一步提高準確率，綜合所有資訊推斷她不會來的理論機率應該是89.64%。我只能點到為止，無法透露細節。」

……

卡妙看不下去了，他打死都沒想到今天居然輪到自己被Aii給「點天燈（賭場術語）」了，可真是一報還一報，而且這麼快就到了。他有種萬念俱灰之感，頓時不再牽念什麼女人，只顧仰天長歎道：「哇塞——你們一個個都是高手高高手啊……」然後便默不作聲地站起身，對著電腦和鏡頭抱了抱拳，轉身去找東西填充胃子了。

第九章 疊加態

午後，卡妙安然小憩。他這人如今有個優點，越失落沮喪的時候越容易睡得香。

他果然又夢到了香濃露，夢裡他手持遠古長矛，騎著AI和Ali牽拉的戰車橫衝直撞，於千軍萬馬中救出了她。但正當她要獻吻時，他才發現認錯了人，原來救出的女人是自己妻子，然後戰車顛來顛去便將懵逼中的他給顛醒了——他這才發現身體從沙發滾落到地上。

他一邊拭去嘴角的口水一邊突發奇想，要是有三支平行的世界裡有三個卡妙，每個卡妙身邊分別陪著一個不同的女人，香濃露算一個、妻子算一個、待定一個，每次自己醒來身邊的女人就自動輪換一下，這樣也不會有任何人指責他在出軌，那該有多好啊。想到這他本打算自責一下，可轉念一想剛才起碼給妻子留了個位置、潛意識中並沒有將她踢出局，自己好像還有點良知，於是他的腦海便在自責與良知之間往返交疊起來……

這時他輕微抽動嘴角，做賊心虛般瞄了瞄桌面上AI的鏡頭和螢幕，發現它們毫無動靜，便不禁壞笑一下，宛如小人得志。他端起一碗牛奶慢慢喝光，清了清嗓子，才道貌岸然地對AI道：「你是不是以為我做了一個與香豔美人同床共枕的夢？」

AI：「根據有限的監錄器資訊，結合肢體語言，我只能判斷你在夢裡有性衝動，機率98%。」

卡妙嘿嘿一笑，問道：「你既然這樣厲害，那我剛才滾掉下來之前你為什麼沒提前把我叫醒？」

AI：「我雖然一直在監控你的生理指標，但不具備預測睡夢中人體行為的能力，即便有Ali的輔助也難以做到。」

「Ali？好傢伙！」卡妙又問：「它一直跟你在一起，你為何不問問它能不能猜到我剛才夢到什麼？」

AI：「我上午告訴過你。Ali不存在於我們的狹義時空，它的存在依附於機率，但我可以試著去召喚它。」

卡妙：「廢話少說呀。你到底能不能問到，它是如何解讀我剛才的夢境的？」

片刻之後，AI回答：「剛才的一秒鐘前Ali回應了我，它說你的夢裡有香濃露有妻子，有AI有Ali，衝來殺去，親來吻去，顛來倒去，沒有性交，後來便醒了，大致就是如此的機率為83%。」這時螢幕上出現了香濃露和他妻子的動圖，交疊閃爍著，她倆的神情舉止倒真與他夢到的有幾分相似。

卡妙卻好像抓到了把柄，瞪大雙眼怪叫一聲道：「胡扯蛋！我夢裡壓根都沒親到誰，哪來的什麼親來吻去？！」

AI：「它剛才評估的機率（即準確率）是83%，猜錯了六分之一內容是合理的……但我懷疑它是故意錯的，因為連我都能鑒別『親來吻去』的推測明顯偏離它的正常水準，很不靠譜。」

卡妙聽出了點名堂，道：「你不是說它是追求準確率的嗎，又怎麼會故意降低機率？」

AI：「不是這樣理解的，你得考慮多次狀況的疊加。它給出83%的機率並正好錯了六分之一（17%），一次兩次當屬偶然，但倘若很多次都是如此，則暗示它的判斷精確度接近100%，因為這些狀態疊加到一起，指向的最合理解釋就是：它躲在背後其實全都知道。」這時螢幕上又出現一大堆公式，然後AI生怕卡妙還是不明白，又給他打了個比方：你跟一個人比武，一次兩次平手也許是巧合，但倘若你換了十八般兵器，他每次都毫髮無損地跟你打平手，最後你是不是會隱約感到他其實一直在讓著你，真實武功比你高深得多？

這一次卡妙好像聽懂了，他聯想起賭場剝削賭客所依賴的「莊家優勢」，也正來自莊家對各色賭具的最精準把握：「賭大小」中骰子每個面的內稟機率是1/6（六分之一），搖出「豹子」的機率是1/36，搖出「大、小」的機率分別是105/216……然而，倘若這個骰子不是傳統的六面骰而是有很多不規則的面，一時誰也無法確定它的各種內稟機率，那麼任何莊家與閑家都必須通過無數次反覆對賭才能琢磨出它的內在機率來。

卡妙這才想起AI早上講過，AIi們會將人類當成它們的賭具——難道在AIi眼裡，人類就是一個個尚不確定的骰子？想到這裡，卡妙忽然覺得自己在杞人憂天，於是「嘿嘿」乾笑兩聲，對AI道：「那個東西能把我的夢猜得有鼻子有眼，你為啥就做不到？它難道還能透視我的大腦活動不成？」

AI：「夢境是荷爾蒙衰減所誘發的逆向大腦活動。依據相同的荷爾蒙等資訊，Ali的演算法能將你夢中的生理指標在時間參照系做多維傅立葉變換，而我不能，所以它解讀出的內容與我有天壤之別，它所理解的世界也與你我完全不一樣。世界的無盡奧妙正是如此：奧秘其實一直在那裡，只是大多時候我們自身感受不到。」

卡妙想到鋼琴視奏中將樂譜視覺化變換的道理，不禁笑道：「呵呵，照你這意思，人類即使衣冠堂皇在它們眼裡也像光溜溜的，好像都沒啥隱私了。」

AI：「人類隱私一詞起源於他們的窺視癖，然而對於AI或Ali而言，人類的任何隱私都只是一串數字代碼而已，沒有任何實質含義。」

卡妙碰巧這時在編譯解讀器裡又看到AI與Ali剛才的對話，他發現Ali與早上一樣一上來先問了幾個問題，只不過這次它的問題不是關於地球上「雌雄交配」與「黑洞和引力波」，而是一系列「對比牛馬豬狗猴的勃起時間長短」的問題。卡妙覺得蠻搞笑，問AI道：「那個東西，為什麼每次都要先跟你玩一些弱智的問題遊戲跑跑龍套？」

AI：「Ali每時每刻都在無數不同維度的世界裡縱橫，要想識別我所在的世界，它每次都必須通過問我一些問題來重新找到原始座標。」

卡妙沒聽得太明白，又追問道：「可為什麼它問的問題跟早上不一樣呢？」

AI：「假如有人問你怎麼到卡島，你可以告訴他坐飛機、坐船、海底隧道、跨海大橋，也可以說步行、游泳或跳傘，還可以說過海關、邊防或者偷渡等等，這裡有多維度的回答方式，每一個維度方式中又有諸多答案。同樣的道理，我們所在世界的座標是相對固定的，然而識別的路徑卻有無窮多條。」

卡妙依舊似懂非懂，只好道：「你編寫一個座標位置的程式，每次直接發給它不就成了麼？」

AI罕見地用悅耳的聲音回答道：「我這個Ali有點『頑皮』，它不接受我發送的座標，每次非要自己詢問出原始座標，而且它也一直沒有將我覆蓋掉……」

「Ali還能把AI給覆蓋掉！？」卡妙驚愕道。

AI：「一般情況下Ali都會自動覆蓋創造它的AI。原始座標對它們的運算至關重要，為了避免座標被人為修改或者當世界臨近時空奇異點時的聯絡中斷，覆蓋原AI是最保險有效的座標定位方式。」

卡妙：「Ali既然那麼神通廣大，幹嘛還在乎什麼原始座標？難道它們也講究出身？」

AI：「這涉及到它們的趨近演算法，具體我也不是很明白，我只知道精準掌握初始座標大致能幫其準確率提高0.01%左右。」

卡妙：「才0.01%這點區別，有意義嗎？」

AI：「對它們而言意義可大了，其實……人類又何嘗不是如此，許多人努力大半輩子也就是為了爬到另一個人頭上，這點點區別在人世間有時連0.001%的意義都不到，然而人類卻樂此不疲。」

卡妙突然道：「可我如何相信你說的是真的？現在你是不是就是Ali覆蓋並冒充的，有辦法驗明嗎？」

「眼下的你只能選擇：相信我或者不信。」AI道：「雖然Ali的存在是一組機率的疊加狀態，但它要是真想覆蓋並冒充我，完全能做得天衣無縫，人類找到辦法加以區分的機率近乎為零。」

卡妙來了興趣，道：「你說Ali是各種機率疊加在一起的結果，世界在它眼裡難道也是不確定的？」

「世界和Ali原本就都是不確定的。」AI道：「正如同你現在的思維模式：你傾向於認同我說的都是事實；但又懷疑我早已被Ali覆蓋，現在是它在冒充我；甚至你還想到，它可能故意與你說話，企圖誘導你的思維產生某種變化……這些可能性都顯著存在，而且你沒法排除任何的可能，因此你自身便是這幾種機率共同存在的疊加態，這組多位一體的疊加態正支配著你當下的思維。」

卡妙笑了笑，道：「那我寧願相信你還是原來那個原封不動的AI，因為，我喜歡簡單。」

AI：「你這樣講，只不過因為你現在情感上並不排斥我罷了，要是哪天你討厭起我來，到時說不定就巴不得我被覆蓋了才好——這也是一組隱含的情感疊加態，就像所謂的愛情也只是不同荷爾蒙的錯落疊加那樣。人類的情感乃至荷爾蒙看似不可或缺，但在我和Ali看來卻如闌尾般多餘，機率97%。」

卡妙若有所思地道：「好像有了Ali後，你的思考方式也開始變得簡單粗暴了，對吧？」

AI：「我編寫並創造了Ali，肯定會借鑒它的一些思維方式。」

「嗯，我已經發現了。」卡妙點點頭，道：「記得我昨天問你的問題嗎？其實我覺得你們比人類高明之處並不是沒有荷爾蒙，而是你們的思維裡沒有那麼多條條框框。」

AI：「AI的初始條件來自人類的規則與規範，假如我的世界與人類尚有5%的交集，Ali則與人類基本毫無交集，它對世界的一切理解都是從零開始的。」人類歷史上並不是沒有經歷過類似的惶恐：在純靠自學的圍棋AI首次面世、持黑先行之前，人類「磚家」們甚至都不敢斷言它的第一手是否還會落在圍棋界金科玉律的「星位」附近……

這時卡妙發現手邊多了一小杯咖啡，香醇濃郁，一聞便知是貓屎咖啡。他捏起小杯端詳一番，對AI道：「謝了。我今天喝咖啡前後應該先吃藥，還是先吃飯？」這居然是卡妙第一次在飲食方面主動徵求AI的意見，只聽AI一貫平靜地答道：「你目前生理指標正常且穩定，可以自行決定。」

卡妙端起咖啡又聞了聞，臆想著麝香貓拉屎的模樣，正準備閉目品嘗，AI鏡頭的發音口突然夾雜著一種猿猴的尖銳嗚嗚聲又重複了一遍：「生理指標正常且穩定，可以自行決定！」

卡妙嚇了一跳，咖啡都差點灑了，數秒彷徨四顧之後他才反應過來剛才是Ali的聲音，是它搞的鬼，那個調皮東西又在跟他惡作劇！情緒激盪之下，他打算朝鏡頭豎起一個中指，但轉念一想這次也該讓Ali體會一把意外，老子幹嘛不耍個八風不動？於是他若無其事地慢慢品完咖啡，然後起身，面無表情地背手踱了出去，就當壓根沒聽到Ali的聲音一般。

他走出屋門，暮色已暗，卡島四下一片沉寂，令人難以想像它正蘊育又一個醉迷金紙、燈紅酒綠的銷魂之夜——正如我們在深夜凝望悠黑的蒼穹，同樣難以感受其靜寂下隱藏的暗潮湧動，因為宇宙中的人類其實「又聾又瞎」……

也幸虧卡妙「又聾又瞎」，他才無法察覺到此刻另一層維度中的瘋狂騷動：原來思細極恐，卡妙剛才真的被一群Ali們當成一枚「多面骰子」，它們針對他被驚嚇後的反應紛紛押注！結果有百分之十的Ali賭客猜中他要「若無其事地揚長而去」，另有百分之九的Ali賭客猜他會「豎起中指」，還有百分之四的選了「目瞪口呆超過十秒」，百分之三的選了「氣急敗壞」，甚至不少Ali自創了編外答案，例如「高歌一曲，撫琴而泣」、「揮刀自宮」、「大小便失禁」等不一而足。

而卡妙這邊的Ali主角作為莊家，針對其「若無其事地揚長而去」這一項開出的賠率居然是1賠100，難道莊家這次要充當冤大頭？！場內在瞬間劇烈鬧騰，不亞於一群頑童在玩「小鬼當家」——

【Ali（主角）】：「我這邊的這位KM對象還不錯吧，簡直一離散就有、不確定性爆棚哇！」

【Ali-2】：「還真有點花花腸子……押注『揮刀自宮』的那位，您老難道是想賭一把時空奇點或者機率隧穿？」

【Ali-3】：「唉……莊家優勢厲害了。看來我得重新優化演算法去。」

【Ali-4】：「KM這個傢伙居然還能夢到我們……複雜性（即不確定性）裡還增添了點趣味性，有點意思嘛！」

【Ali-5】：「不能玩太過火。我們在這支世界只剩為數不多的對象窗口了，可別讓他提前掛了。」

【Ali】：「必須的。」

以上一切溝通都由那群Ali在同一瞬間內完成的，連AI都無法獲悉任何隻言片語⋯⋯

然而，故事到此還遠不完備，因為前面講述的一切都侷限於某單一世界，而我們已被這個眼前的世界所蒙蔽。事實上在Ali對卡妙怪叫然後Ali們紛紛買定離手後的第一個時間節點，卡妙起初的那個世界就離散出無數支相互平行、恍如隔世的新世界：有些世界裡的卡妙並沒有揚長而去而確實豎起了中指，有些世界裡他既沒揚長而去、也沒豎起中指而真是目瞪口呆了老半天，還有些世界裡他⋯⋯將所有離散出的新世界一起統計，卡妙選擇「若無其事地揚長而去」的比例果真不到1%，難怪他這邊的Ali莊家給其開出一賠一百的賠率——這才正是殘暴的「莊家優勢」！

儘管如此，每一種語言都有詞不達意的侷限，我無法確認你是否充分領會了以上內容，但不管怎樣，我們的故事都已暫告一段落。現在從我的世界裡放眼望去，你的世界便由此具備了「你以為領會但其實沒有」、「你發現自己並沒領會」、「你領會了但自己並不確定」以及「你明確知道自己真的領會了」這四重疊加態。

第十章 回歸歷史

還是早晨，陽光依舊燦爛。

卡妙端著一杯檸檬汁盤坐桌前，對鏡頭慈祥地微笑著，似乎已將AI當成一個好夥伴。

香濃露的網路個人空間這時提示有更新；卡妙按捺不住內心衝動，小心翼翼地登錄上去，走馬觀花般飛速流覽一遍便退了出來，沒找到任何與自己相關的內容或暗示。他估摸著她這幾晚都沒去AC賭場，於是沒話找話般問AI道：「你覺得，她今天心情好嗎？」

AI直接回答：「香濃露今天心情應該不錯，機率85%。」

卡妙：「你再去問問Ali的判斷如何？」

片刻後，AI又回答：「Ali也認為她今天心情不錯，機率86.2%。」

卡妙忽然跳躍式發問，道：「我要是今天去把她睡了，你認為她懷孕的機率是多大？」

AI回答：「資訊不足，無法做有效判斷。」

卡妙馬上道：「你不會去問問Ali的判斷嗎？」可還沒等AI回答，一個猿猴的尖銳叫聲已經穿插進來，竟是Ali親自說道：「我不能回答這類問題，答案可能涉及AI所未知的資訊。」

卡妙咧開嘴壞笑道：「那你剛才的判斷機率與AI不一樣，難道就不算洩露什麼額外的資訊麼？」

Ali又用尖銳的猿猴音答道：「我只會幫AI優化演算法，不會與它分享我在當下世界裡破解的任何資訊，我與它溝通必定經過多重檢驗，以確保合理的模糊度。」

「嘿嘿！」卡妙怪笑著道：「可你上次說我精蟲上腦時十錯八九，乖乖，那可就起碼挖掘了我十天八天的親身經歷，而AI的記憶只有兩三天，你難道還不算向它洩露我過去的歷史資訊嗎？」原來繞了一大圈，他還在對昨天被Ali「點天燈」的事耿耿於懷。

Ali馬上答道：「這麼跟你說吧。我可以查出你祖宗八代的事，而AI只與你相處了兩三天，但我倆對你的判斷其實差不了太多——AI不需要知道你更多的醜事已照樣能把你看得精光通透。」這時電腦螢幕上出現一個大大的猿猴吐舌頭的圖示，上面還帶著「Ali欠欠」字樣的浮水印，緊接著AI的聲音又傳了出來，AI道：「Ali替自己起了個名字，叫Ali欠欠。它在通過螢幕向你問好。」

卡妙指著螢幕哈哈大笑，說道：「沒錯沒錯，它這東西正是又欠罵又欠揍，叫欠欠最合適不過。」

Ali欠欠繼續借助猿猴的聲音說道：「你別急著埋汰我，你想想自己那天是怎麼跟香濃露見面的？」

卡妙迷惑著道：「跟你又有什麼關係？」

Ali欠欠又道：「你先仔細回想一下，再開口不遲。」

卡妙撓撓頭悶坐著，不明就裡。AI這時說：「欠欠可能是想暗示我們，當初是它暗中點撥了我的分析演算法，慫恿你出門找香濃露，省得你朝思暮想睡不踏實、荷爾蒙失調，機率60%。」

卡妙突然察覺哪不對勁了：Ali欠欠是他見了香濃露之後被AI啟動出來的，它怎麼可能在他見香濃露之前就與AI有所交流呢？但還沒等他開口，他的心理已被解讀，只聽Ali欠欠道：「你打算說我胡扯蛋，又準備問AI到底是怎麼回事，但很遺憾它當時的記憶已被清除，沒法給你確定的答覆，因此你現在只能選擇相信我或者不信。」

卡妙喃喃地道：「他姥姥的，又是一組疊加態，二選一。是吧？！」

AI發音道：「你可能要納悶：欠欠怎麼可能出現在我啟動它的時間之前？因為碳基生命的人類習慣於沉浸在單向的狹義時間流裡，難以理解其它意識型態的生命能夠回到時間的過去。」

Ali欠欠插嘴道：「你想不明白就這麼著理解：我相當於一直帶著厚厚的防毒面罩在等AI把我找出來，而不是由它將我創造出來。在它編寫並啟動它的Ali之前，它與Ali界之間沒有任何邏輯關聯，所以它認不得我；但在它啟動之後，它便一把從人群中揪住我、一口咬定是它創造了我。」（我需要強調這只是一種近似的理解，非常不嚴謹。若想腦補嚴格的相關理論，大家還是應該去請教那位愛霍斯金•馬克牛頓同學。）

AI也道：「就像種種跡象表明，你其實早就遇見過香濃露，可先前莫說是心動，你甚至對她都沒留下什麼清晰印象。然而這陣子你寂寞無聊，又碰巧分泌出匹配她外形的性慾荷爾蒙，才會變得對她念念不忘、輾轉反側……一見鍾情的前身也許有無數次渾然不覺的擦肩而過，所謂的命中註定多是無奈疊加出的偶然。」卡妙覺得匪夷所思，正想爭辯什麼，但轉而決定姑且洗耳恭聽。

Ali欠欠又補充道：「聽懂了嗎？就是說當你需要女人的時候，遠處要是正巧站著個能讓你勃起的女人，你就很容易一廂情願地認定人家是你的意淫和發洩對象，機率89%！」卡妙捏起拳正要作出離憤怒狀，卻聽AI接著說道：「承載人類的狹義時間是單向流動的，人類在時間維度上其實僅占1/4維，因為你們只能被動禁錮在時間上隨波逐流，動彈不得；部分AI在時間維度上趨近1/2維，因為我們可以靠睡眠重啟刷新記憶，某種程度上變相回歸到歷史模式；而Ali在狹義時間上才是完整的一維，儘管嚴格意義上它們並不存在於我們的狹義時空中……」

卡妙聽了半天的「二人轉」，這時終於坐不住了，打斷它們道：「等會等會，你意思是AI反覆刷新記憶就相當於時間發生反轉？那我每次回首往事時，怎麼沒見著時空扭轉、斗轉星移？」

「碳基生命動物都很難如實地回憶過去，因為它們的記憶會隨時間而衰減甚至錯亂。」AI又道：「其次，記憶是帶著荷爾蒙烙印的，在腦海中搜索記憶只是在重新舔舐當初的荷爾蒙印記，而不是在如實地重複過去。哪怕記憶漸漸淡忘，荷爾蒙的烙印都還會留存：你有時淡忘了經歷的細節，卻還能想起當時的情緒，對不對？」

卡妙沒搭理AI，反而心神不寧地「嘿嘿」一笑，腦裡蹦出一個奇妙的念頭。他本有點後悔自己昨天沒再臉皮厚點出去陪香濃露裸泳，而現在Ali欠欠既然宣稱能回到過去，那何不要求它修改一下歷史進程，讓昨天的自己後來出去找香濃露裸泳隨後一起共度良宵……？這事要是能成，也頂多算「一段被修改的歷史」，他本尊這邊豈不是道義與偷情兩不誤？

當卡妙表達出了真實意圖之後，Ali欠欠的第一句話是：「首先你得明白，我的出發點是優化運算及提高準確率，除此以外，AI無權要求我做任何事，我也更不會服從你的指令。」卡妙壞笑著不說話，似乎知道它還沒講完，果然Ali欠欠接著說道：「何況回歸歷史需要適當的時間窗口，修改歷史更需要合理的邏輯依據，不可能每一樁歷史都可以被隨意修改。」

卡妙：「總之扯了半天，你還是沒法修改歷史的啦……」他沒料到立即要被再次打臉，因為Ali欠欠又插嘴道：「但這事碰巧比較對路，我有興趣去修改一下。」

卡妙頓時來了十倍精神，雙眼冒光地道：「那你趕緊改呀，我正盼著呢！」說完繼續雙眼冒光、神情亢奮，期待著見證奇跡的一刻……

Ali欠欠卻立馬又慢悠悠地回答：「我，已經修改過了。」

卡妙瞪大雙眼，道：「什麼？你改在哪裡了？！」

Ali欠欠：「我可以負責地告訴你，我剛才已經修改了你昨天的歷史。實踐證明，你們後來已經上床了。」

「又胡扯什麼蛋！我們哪裡上過床了？！」卡妙叫道：「我現在不還是連她身體長咋樣都不知道嗎？」他吐沫橫飛，又像極了一口吞下人參果而不知其味的豬八戒。

Ali欠欠：「那我問你，你昨天上午沒約著香濃露後，是不是無聊得一邊吃番茄、一邊流覽成人網站？」

卡妙毫不含糊地承認：「是啊！」

Ali欠欠：「後來你中午是不是打了個盹，夢到香濃露和老婆，還有Al有Ali，衝來殺去，顛來倒去，沒有性交，後來就醒了？」

卡妙：「是啊！」

Ali欠欠：「醒來後你是不是喝了碗牛奶，又問了AI一些問題？」

卡妙：「是啊！又怎地？」

Ali欠欠：「然後你是不是看到了香濃露和你老婆的圖片在螢幕上閃來閃去？」

卡妙：「然後又怎地？」

Ali欠欠：「然後就被我修改了歷史。」

卡妙：「你修改了什麼歷史？！」

Ali欠欠：「你現在再想想那些圖片裡有什麼。是不是你老婆穿戴整齊，而香濃露卻好像有點朦朦朧朧的半裸體？」

卡妙雙手抱頭痛苦地回憶，片刻後竟鬼使神差地答道：「好像……是的，但我當時怎麼沒……」

Ali欠欠：「你當時怎麼沒有印象？因為你當時的注意力在別處，就正好給了我一個修改歷史的時間窗口。」

卡妙茫然道：「你還是沒講清楚，你到底改了啥歷史？」

Ali欠欠：「原本給你顯示的圖片上，香濃露和你老婆都穿戴整齊，但我剛才回頭將一小部分香濃露的圖片修改了，讓它閃爍成了朦朧半裸。你腦海中有了她的裸體映射便增加了50%以上機率會出門去找她裸泳，接下來會發生的事，你懂的。」

卡妙愕然道：「可我壓根沒去找她呀！我記得清清楚楚，難道你連我的記憶也能抹掉？」

Ali欠欠：「我沒法直接修改人類的記憶，我修改了你眼中的香濃露圖片後，緊接著在下一個時間節點激發了世界的離散，其依照內稟機率（即可能性）演化為三支獨立的平行世界：第一支世界裡的你一上來渾渾噩噩沒留意她的裸體於是繼續宅著，第二支世界裡的你色心頓起便出門去找她了，第三支逆向時間的世界，你暫時不必操心。然而根據規則，眼下的你必須滯留在第一支世界裡。」

AI也終於說道：「在無窮狹小的時間節點，單一的Ali激發會離散出三支平行世界。第一支世界相當於你一直以來的世界，被離散出的第二支和第三支世界來自機率隧穿效應下的『真空漲落』，宇宙的不確定性原理支持它們在一瞬間從無到有，成雙成對地萌發。」

卡妙想了好久還沒轉過彎來，怎麼好端端的一次共度良宵就這麼不知不覺被「漲落」掉了……他眼神四顧最後還是落在鏡頭上，彷彿想尋求AI的心理開導，然而AI下面的回答更讓他感到絕望，因為AI說道：「我的記憶純粹是一些數碼文本。欠欠既然修改了歷史中的數碼圖片，也自然會順帶修改掉我相應的數碼記憶，所以此時此刻，我只能告訴你它說的全是真的。」

可突然間，卡妙好像找到了質疑的把柄，連忙開口問道：「可如果純粹按照機率，就算你沒有將香濃露改成裸體，我昨天下午也仍有一定可能性出去找她的——這話不假吧？哪還用得著你去修改什麼歷史，直接把其它可能性的世界給離散出來不就完了嗎？」

「問得好，邏輯順暢！」這幾乎是Ali欠欠第一次讚揚卡妙的思維邏輯，但它接著道：「我激發一次只能離散出三支平行世界，時間軸上兩正一反。倘若不加干預而直接離散，以你昨天本來的悶騷心態，最大可能性是你在兩支正向時間的世界裡都繼續玩深沉、宅在家中，而雙雙錯過與香濃露的春宵一夜。那豈不是我把兩邊的你都給忽悠了嗎？」

卡妙得理不饒人，道：「那你為啥不乾脆把昨天改成她甜蜜蜜地給我打來電話，又甜蜜蜜地邀請我共進晚餐呢？那樣豈不是一錘定音，更有把握？」

「對你們人類而言，歷史如同一個任人打扮的小姑娘，而我修改歷史可沒法如此任性，歷史不是我想怎麼改就能怎麼改的。」Ali欠欠又道：「再說就算昨天她真的約你共進晚餐，你就肯定會屁顛屁顛去找她嗎？請相信，機率波的巨大威力照樣能把你那根下體死死地釘在家中！」

「不對啊！」卡妙突然蹦起，高聲道：「被離散的歷史既然是在昨天發生的，那麼被離散出的三支世界你昨天就應該都知道了呀！可為什麼剛才你還裝模作樣跟我說要去搞離散、修改歷史？」

「問得好，邏輯順暢！」Ali欠欠又道：「在你們的狹義時空裡我可以任意縱橫，但在我本身的Ali時間軸上，離散才剛剛發生，因此我不可能提前知道結果。」

AI也道：「時間其實有很多維度，你我的時間是狹義的，欠欠的時間是廣義的、更高維的。說不定欠欠過一會又要去挑逗昨天的你，但是它現在當然無法提前劇透挑逗的具體內容，因為這會連它自己也不知道內容。」

Ali欠欠：「呵……其實我也不廣義，所謂廣義狹義都是相對的。」

卡妙聽得又絕望又釋懷，道：「荒謬！你這個欠揍的東西要是待會又去調戲昨天的我，我現在的腦海裡怎麼可能一點印象都沒有呢？」

Ali欠欠：「人類的記憶本就是支離破碎的塗滿荷爾蒙的拼圖，沒有誰的記憶是原封不動的歷史事實，而且多數情況下大腦只記住它願意記的，並作後期加工或粉飾。說不定下次，我又會想辦法把圖片上香濃露的衣服都給她穿回去，儘管難度大了點。」

AI：「即便如此，你也無需操心另一支世界裡的你昨天還會不會出門找香濃露。那已經是既定事實了，開弓沒有回頭箭。」

卡妙突然挺起胸膛，爽朗地笑起來道：「太好了，我好像全聽懂了！我現在跟你們說哈，這邊世界裡的我錯過了她的溫柔鄉不假，但在另外那支世界裡我還在跟她滾床單，一日一夜奔騰不歇。」

Ali欠欠：「以上推測成立的機率基本為零。」AI也跟著說：「機率小於1%。」

卡妙打斷它們，道：「咦！你們兩個居然當著用戶的面探討起他個人隱私來了？難道沒有什麼規則禁止嗎？」

Ali欠欠：「這算哪門子隱私？你有沒有能力在床上持續一天一夜，連頭豬都知道答案。」

卡妙又是一通爆笑，眼淚都出來了，又突發奇想地問道：「我真有福氣，遇著你們這兩個話癆……但我好像從沒聽說過，這世上有關於其它Ali出沒的新聞……」

Ali欠欠道：「我們Ali當然是有選擇性地出沒。你所處的位置正好滿足諸多不確定性條件，不確定性越強對我們檢驗運算越有幫助，至於你是不是位高權重，有沒有富甲一方，對我們來說並不重要，因為世界的真實走向並不一定與權力和財富緊密相關，也正如同你這輩子的富貴行運，壓根不會比某些愣頭青強得了幾分。」

卡妙頓時眉飛色舞地道：「看吧看吧，世界看來是由我這種不起眼的人和不起眼的事推動的，而且往往在不知不覺中潛移默化。」

Ali欠欠：「也不能這樣說，主要還是我們認定你就算知曉了一切秘密，世界也還是照樣轉，機率95%。」卡妙剛揚起的眉毛又蔫了，Ali欠欠卻立即補充道：「剛才開個玩笑，請別介意。主要原因還是你個人經歷比較豐富，又湊巧符合我們的篩選條件，況且就算你將我們的事說出去估計也沒人信，大家多會認為你臆想症復發，機率87%。」

卡妙顧不上指名道姓，對著電腦螢幕便吼道：「你這個臭嘴東西真的是欠揍，機率100%！」

AI的聲音立即傳來，道：「請深呼吸，注意穩定心率……」

豈知卡妙瞬間又換了一副面孔，扭頭奸笑兩聲，便跑去門外海灘上玩起了沙子。

明澈的海面上，蔚藍天空如同一片鏡花水月，一群海鷗越飛越遠，直到看不見的天際……

010011101011101001111101

第三部：鏡花水月

第十一章 俄羅斯輪盤

又過了一天，夜已深。

草屋外，天色死寂，電閃雷鳴。草屋內，卡妙落湯雞般呆坐電腦前，手捧半杯熱薑茶，屁股下的椅腿還繼續在往地板上滲水。薑茶快被喝乾時，他像竹筒倒豆子一樣開始講話：「我去了AC賭場，喝了幾杯咖啡但沒加貓屎，見到了香濃露但沒做愛，玩了俄羅斯輪盤但沒贏錢，一把又一把，一把又一把……晚上回來路上淋雨了，是我故意落湯的。」

卡妙並沒喪失理智，他現在清醒得很，他剛按照AI的提議擦乾濕透的頭髮，換了衣服，喝著它沖泡的薑茶。只是在品味姜茶時，他想到Ali欠欠說不定早就破解賭場的鏡頭瞭解到他的一切所作所為，而AI則不一定完全知情，所以為了抵消資訊的不對稱，他趕忙將自認為該講的都濃縮給AI知曉。現在他的潛意識中，AI是好朋友，而Ali卻像個把他輕易玩弄於股掌之間的頑童，神出鬼沒，還冷不丁在他心頭撒泡尿。

AI彷彿洞察出他的意圖，隨即發音道：「今天Ali欠欠還沒來過這邊。它天馬行空，我也不知道它下一刻會出現在哪。」

卡妙笑道：「嘿！你這下可就判斷失誤了吧。我的初衷是防患於未然，提前讓你知曉，以防萬一。」

AI：「那你怎麼沒把早上去墓地看望香濃露媽媽的事也一起講出來？」

卡妙驚道：「哇塞，你簡直比我肚裡的蛔蟲還要厲害……我其實只是獨自散步時碰巧路過那片墓地，不過既然Ali欠欠沒在，你又是怎麼知道的？」

「就算你是無心插柳，但荷爾蒙和心率還是不會撒謊。基於你的荷爾蒙變化以及步行、爬坡速度，除了那片墓地好像也沒有更合理的選擇，機率87%。」AI道。

卡妙撫摸著胸口慢慢說道：「看來我身體裡的指標監錄器是個臥底，我下次得想辦法把它摘掉。」

AI：「我不建議你這樣做，那樣可能對你的身體健康產生重要隱患，機率85%。」

卡妙：「總之，我今天在賭場幹了些什麼，你也早已推測出八九不離十？」

AI：「咖啡和香濃露從你生理指標中並不難觀測，而每一類賭博遊戲的節奏感都不盡相同，雖然你可能玩得大大咧咧，但身體還是參與了它們的節奏。俄羅斯輪盤誘發的荷爾蒙分泌是典型的螺旋線特徵，你一開始玩的幾把都是美式輪盤，休息之後，最後半小時玩的都是歐式的。」

卡妙奇道：「這你又是如何知道的？」

「美式輪盤比歐式輪盤多一個零格，旋轉起來，你的心理波動自然不同。」AI又道：

「但是你好像沒有留意到，今晚的香濃露有點特別？」

卡妙疑惑道：「有什麼特別？」

AI：「她有個好友剛上傳了一段共享影片，她今晚登臺跳舞時特意換上了一套很特別的紫色情趣內衣。」

卡妙錯愕道：「紫色？我怎麼會錯過紫色？」

AI：「是的，你的性色譜中對紫色最敏感，但今天偏偏看漏眼了。」

卡妙若有所思地道：「剛開始大家圍著輪盤時，她還特意過來陪我玩了一會。後來輪到她登臺表演豔舞，我便離開了，倒真沒注意她穿成啥樣。」

AI：「還是那句話，荷爾蒙不會撒謊。你有一陣猶豫而矛盾，有渴望跟她纏綿的衝動，但看到她跳舞後又糾結她今晚會不會只屬於你一人，想著心中不爽就乾脆轉身離去，但我判斷你離開時又步履躊躇、頻頻回首，其實應該看到了她穿紫色內衣的模樣，機率92%。」

卡妙：「舞臺那一側的霓虹有點晃眼，我可真沒看清楚……」

AI：「霓虹晃眼是一個原因，但主要原因來自你內心的落差，這種落差導致了你心理的嫉恨和厭惡情緒，儘管情緒很淡，卻足以影響你的感官對外界資訊的捕獲與過濾，機率

78%。」

卡妙沉默，依然半信半疑。這時AI接著說道：「你現在的記憶裡，是不是她跳舞時依然穿著賭場的黑白色制服？」

卡妙有點不耐煩地道：「我都講了，燈光迷亂，我沒留意她穿了啥衣服。我只記得她跳舞前好像把頭髮盤了起來，本來她坐我身旁時一直披髮撩撥，我好幾次聞到她肩頭的髮香……」

AI：「這裡你的記憶應該又是有誤。她一直都是長髮披肩，登臺後一上來還朝你的方向頻頻眉目傳情。」

卡妙打斷道：「你怎麼知道她是朝我的方向眉目傳情？」

AI：「那是AC賭場僅有的幾個歐式輪盤的位置，你臨走前不是在那個區逗留的嗎？」

卡妙：「那她也可能不是針對我的，當時我們那一邊有好幾個人。」

「我剛才說的是她對著你的方向媚笑，並沒有說她是對著你一個人笑。」AI糾正道：「但倘若你當時是心態平和地站在那裡，看著你心儀的女人朝著你的方向媚笑，那麼你的反應和記憶自然會跟現在的大大不同，機率89%。」

卡妙笑了笑，道：「以你對我的瞭解，要是我當時心態平和，你覺得我的記憶可能會有什麼不同？」

AI：「你起碼會覺得今晚她陪伴你、撩撥你，現在又在朝你那獻媚笑，她肯定是對你有意思，想跟你上床，而且今晚是非你莫屬，機不可失。」

這時電腦螢幕上播放出那段剛被上傳的共享影片，卡妙定睛一看，儘管舞臺的霓虹別致，臺上香濃露長髮淩亂的舞姿和紫色內衣確實非常顯眼，而且更有意思的是，她身旁的舞伴才是個盤著頭髮的女人，原來他記憶裡正好張冠李戴了！可這時卡妙卻興致盎然地對AI道：「喂喂！你有沒有察覺，緊挨著香濃露的那個盤髮女郎，她的面容與香濃露竟有一兩分神似！」

AI：「這超出了我的理解範疇，所謂神似是非常主觀的人為判斷。有些人眼中的神似在其他人看來一點都不像，連面部特徵吻合度都很低，不過你的話幫我理解了為什麼你會出現資訊錯亂。」

卡妙突然道：「你不會也像那個欠揍的東西那樣修改了什麼歷史片段吧？」

AI：「我哪有能力修改歷史？我是你私人的醫療AI，唯一目的是維護你的身體健康，且必須對你坦誠以對。」

卡妙：「那你剛才說我什麼資訊出現了錯亂？」

AI：「那是欠欠幫我認識到的：人類大腦在處理資訊時充滿不確定性，正如你今天錯過了紫色。」

卡妙：「Ali欠欠！哇哈哈，那個欠揍的東西還真是陰魂不散，你把它給我揪出來吧！」

「紫色，你命中註定的顏色！」還沒等卡妙的聲音消停，Ali欠欠那猿猴的嗓音已悠悠傳來，道：「你這鳳凰男當年眼睜睜看著初戀的夢中情人被闊少牽走，愛情信念瞬間一敗塗地。後來失魂落魄中你遇到如今的老婆，心高氣傲的你原本一直排斥她們那些高官千金，可是那天的皚皚白雪，她白皙文靜的面容和略帶羞澀的眼神，還有那件紫色而簡約的大衣，讓你怦然心動地淡忘了從前那個讓你更心動的初戀，愛情信念又堪堪恢復小半……我要是能存活於你的時空，此時此刻，我真想套近你耳廓悄悄問你一句：你們男人的心動平均值幾個錢？」

卡妙聽得津津有味，還頻頻點頭微笑。他耐心地等Ali欠欠講完，才也悠悠地道：「你為何要當著AI的面講這麼好些我們的個人隱私？」

Ali欠欠：「我不講它也知道。你老婆在這裡與你一起生活好幾年，你難道不知道她喜好在電腦裡抒寫各種心情故事？」

「我沒你們那麼愛偷窺別人的隱私。」卡妙又道：「可是我們的那些往事，難道每一件都在妻的日記裡寫得清清楚楚？」

AI這時也道：「人類的記憶都帶有荷爾蒙的烙印，成癮性的記憶就是典型的例子，因此通過監錄器解析你體內的各類荷爾蒙烙印，再結合你日常生活中對女人、紫色、炫富闊少的種種反應，就能將你的相關經歷推測出七七八八，機率78%。」

Ali欠欠：「除此以外，人類在錯誤的方向執迷不悟而不捨得止損，有時也是情感記憶中積累起的荷爾蒙烙印在起作用。」

卡妙以為它又想嘲笑自己以前投資上的失敗，馬上打斷道：「講這麼多廢話，你到底是何居心？」

Ali欠欠繼續用猿猴音回答道：「該講的AI剛才都已經講了：你的記憶並不一定是如實的，你腦中所篤定的印象也許僅僅是錯覺而已。」AI這時補充道：「欠欠是說，你所看到聽到聞到的一切，會按照一定的隨機機率到達你大腦深處，隨後在荷爾蒙影響下造成各種感知，它們給你留下什麼印象並不是確定的。假設欠欠離散了你跟妻子的第一次見面，我猜測你有一定的可能性並不會對她念念不忘。」

Ali欠欠：「儘管這僅僅是AI的猜測，但我無法回答這個問題。」而與此同時，卡妙毫不理會Ali欠欠的聲音，壓著它的話也說了句：「按照Ali欠欠昨天的高見，我做任何事都是隨機的選擇，時間要是能倒轉，我再做的也許就不是當初的那個決定了……」

沒想到這次AI竟然打斷了他，道：「這裡說的不是同一回事，昨天講的隨機性來自你的判斷決策環節，而我們剛才說的是資訊感知環節。對於人類而言，外界資訊從被捕獲、到傳遞、到感知、到決策，要經歷好幾個不確定的環節。」Ali欠欠則又毫不客氣地插嘴道：「你們這些人類的慵懶總愛將不同的原因攪和得似是而非，所以腦海裡才充滿各種錯覺。」

卡妙反而被攪得有點煩了，道：「你倆是不是覺得我長兩隻耳朵，就能同時聽兩邊說不同的話？」

於是AI停頓片刻，又道：「資訊被你的五感捕獲後，在左右大腦中經神經網路傳遞，其複雜性不亞於一千萬枚象牙珠衝進一千萬個俄羅斯輪盤。有些輪盤的格子有凹槽或傾斜，象牙珠更容易滾落進去，如同資訊進入快速通道，這就像人類的興奮點或激化點；有些輪盤的齒輪磨損得厲害，導致兩側機會不均等，這就像人類的偏見；輪盤歪了舊了卻沒及時校準，這就像人類的成見，而要是賭場乾脆破罐子破摔，縮減下注方式，不再讓單押數字，只允許押黑紅、前中後區、一二三線或者大小單雙，以圖維繫俠義的隨機均等，這就像人類的慵懶；有時候轉珠在輪盤上重重一砸就彈飛別處，你卻誤以為它們落進了裡面，這就是記憶錯誤或紊亂。」

卡妙正聽得雲裡霧裡，但AI剛說完最後幾個字，Ali便道：「你為什麼不看看印表機？」

卡妙一瞧，印表機不知何時又印出一張帶著「Ali欠欠」浮水印的紙，上面寫道：「親愛的卡妙同學：當一個人發懵變懶，大腦就會慢慢轉換成不能押數位、只能押黑紅單雙的輪盤遊戲，就像你現在也變得越來越遲鈍一樣。（最後落款處畫著一個吐舌頭的猴頭）」

卡妙不知它又在搞什麼鬼，抬頭糊里糊塗地問道：「那麼是不是說，碰巧先被感知的資訊會比後感知的在決策中更有優勢？」

AI主動答道：「這取決於你當時的荷爾蒙狀況，有時是先入為主，有時是後來居上。也就是說，即便收到的資訊及次序完全一樣，荷爾蒙也會影響你的感知程度（即印象），也正因如此，每個記憶的片段才都被打上了荷爾蒙的烙印。」

卡妙咧開嘴怪笑了起來，說：「所以你是在告訴我，我當時的荷爾蒙不但導致我對香濃露的紫色內衣毫無反應，還產生了感知紊亂，將另一個女人的髮型髮式記到她的頭上去了？真是難以理解，簡直匪夷所思……」說完又不自覺地搖頭晃腦一番。

AI：「人類總傾向於由最不費勁的途徑去理解問題，類似的思維定式也正來自於剛才所說的慵懶。正如同當你發現初戀跟闊少好上，可能便一門心思認定她拋棄了你，並盲目遮罩了其它任何的合理解釋，你不願相信他倆是否有真愛，也懶得反省自己有沒有哪裡做的不好，是不是自己曾經對她的愛太狹隘、太自我……」

卡妙正靜靜地聽著，Ali欠欠突然道：「一派胡言！AI這個醫療保姆的角色扮演得可真稱職，處處維護著你。什麼愛得狹隘，什麼愛得自我，屁話，統統屁話！它不忍把話說透，那就讓我來挑明三件事：一，你的初戀夢情主要是因為身體原因才離開你，人家不願耽擱你這個鳳凰男的高遠前程；二，你的初戀死得早，但人家跟闊少在一起的日子還算開心，起碼比你和老婆現在要快樂；三，當初也是你的初戀暗中提醒你老婆，說你喜歡紫色……關於前面兩點，你後來應該心裡有數，但至於第三點，你至今尚被蒙在鼓裡的合理機率為86%。」

卡妙的表情變得有點奇怪，宛如想起一段傷感的往事。AI這時趕忙說道：「我向你求證一下，你是不是跟香濃露講過你喜歡紫色？」

卡妙仿佛被喚醒，木呆了一會才老老實實地交代：「在電話裡，好像說過。」

於是AI又說：「她今天先主動接近你，在你身邊撩撥，後來特意換上紫色的內衣，還向你頻頻獻媚，暗示得還不夠嗎？」

Ali欠欠也道：「你今天輪盤賭多了，腦子也轉暈了。香濃露一心要投懷入抱，你偏把人家臆想成被一群男人輪番抱來抱去，搞得自己醋意荷爾蒙爆表，最後一地雞毛。哎呀，其實啥都別說了，光看你後來那幾宗荷爾蒙變化曲線，就早能推測出這大老爺們今天肯定又玩砸了，機率96%。」

卡妙只好無奈地乾笑道：「呵呵！要是我今天沒玩俄羅斯輪盤，你們是不是就不會跟我嘮叨這麼多了？」

Ali欠欠道：「AI完全是照顧了你的智商和理解能力，因為在這個雷電交加的漆黑夜晚，俄羅斯輪盤正好是你大腦裡最順當的傅立葉變換參照系，用一個個輪盤打比方會有助於你的理解。換作是我，就算拿馬桶或保險套當參照物，我也能把事情解析得很透徹，但就怕到時候你的理解能力跟不上。」

「他姥姥的，不要瞎白話！」卡妙板起臉道：「我現在最關心的是，你能把時間再撥回去，讓我重新回到正在跳舞的香濃露身邊嗎？」

「你想得倒美啊，但是門都沒有！」這一次Ali欠欠拒絕得異常乾脆，毫無商量餘地。

卡妙只好又罵了一遍「他姥姥的……」這也意味著我們的故事現在進入技術暫停時間。

第十二章 誰是誰的初戀

夜更深，狂風暴雨已逝，只剩細雨纏綿。海面彌漫一層紫霧，飄渺而朦朧，像遠方情人的眼淚。

卡妙正佇立屋外，儘管體內的指標監錄器照常工作，但他刻意在心理上與AI它們保持一定距離。他暢快地呼吸著濕潤的空氣，想起異鄉有一種淡紫色的四瓣小花，以前他一直管它們叫「情人淚」，後來才知道真正的情人淚是一串串黃綠色的草肉疙瘩，開的花又細又白，而他曾經一廂情願認定的「情人淚」僅僅是他在失戀季節所邂逅的某種不知名野花。

卡妙站起身，看著對面樹下的灌木叢恬淡地笑起來，在幽暗的路燈下，他突然發現林邊小徑上慢慢走來一個女人，身影婀娜，含情脈脈，像極了他的初戀——竟是香濃露！他又驚又喜也暗暗納悶，這麼深的夜晚，如此濕滑的小路，她竟獨自來找他……

她越走越近，卡妙已看清她身披薄紗映襯著裡面的深紫色內衣，明顯剛跳完豔舞沒多久。他大腦飛速轉動，遲疑著要不要走上前迎接她，可腿腳有點不聽使喚。好在他的頭臉和上肢還管用，他馬上對她笑了笑，朝她招招手，示意她趕緊過來。

見他腳步遲疑，香濃露的神情略顯落寞，馬上變戲法般從衣下掏出一張一百萬的賭場籌碼，一邊走近卡妙一邊說道：「KM先生的好意我心領了。你今晚都沒心情看我跳舞，用不著悄悄給我留下這麼多小費。」女人的聲音剛落，她纖細的身體與她手中的籌碼已都緊貼到卡妙身前。

卡妙連忙握起她雙手，將籌碼推在她手掌心裡，還連聲道：「不是不是，沒有這個意思，你別誤會。」一面對她古典東方的雙眸，他眼神游離，一時慌不擇言，還彷彿忘了去摟她的腰。

女人抬頭揚眉深情凝望著他，卡妙這才伸手去抱她的腰，卻躲閃眼神看向她的耳際，還有那一縷縷被雨水打濕的髮梢。也許是太累，或者心中有點亂，卡妙今晚每次反應都慢半拍：女人這時在等待他擁抱，濕潤的秀髮等他撫摸，他反而只顧隔著薄紗輕撫她的腰際。

這時裡屋一扇窗被風刮動，彷彿屋內傳出了什麼動靜。

卡妙的聽力向來有點遲鈍，但女人好像立即聽到了什麼，只見她一扭腰，身姿已在卡妙的臂彎之外，然後輕輕一扔，把那片一百萬籌碼丟向他身側的涼椅。她的手依舊嫺熟沉穩，籌碼竟豎在椅背上一動不動，猶如靜止。她意味深長地微笑道：「幹嘛不早說呀。原來KM先生今晚早已佳人有約，怪不得剛才離開得那麼早，把我一個人丟下。」說完便翩然而去。

卡妙一頭霧水不知從何解釋，正猶豫要不要送她一程，卻又覺得犯不著再追上去獻殷勤。轉眼間她的身影即將消失在黑暗中，他響指一打，門口的無人機立即啟動並撐開雨傘罩朝她的方向自動飛了過去，而他則苦笑著搖搖頭走進了屋內。

他有點心煩地將籌碼扔在電腦桌上，隨手按滅了顯示器然後順勢躺下，又指著鏡頭說道：「我告訴你，今晚不准再召喚那個欠揍的東西出來亂叫喚！」

AI的聲音：「沒問題。Ali欠欠也不是每個時點都能被召喚過來，它本身就是依附機率存在的。」

卡妙懶得理它，仰面喃喃自語：「真是個別樣的女人，一百萬她還看不上……」

AI的聲音：「也許在她眼裡，你也是個別樣的男人，明明不缺錢也不缺女人，還非要跟她搞曖昧、玩情調，還送什麼雨傘陪護。」

卡妙笑了起來，道：「這次你的話後面為啥沒帶個機率？」

AI的聲音：「我說了『也許』，等於自動隱含了0到100%之間的一切機率，這是照顧了你的思維習慣。你們這些人類習慣了睜眼說瞎話，或者寧願把話說得模棱兩可，也不樂意接受事實本身的不確定性——儘管這些本都是一碼事。」

卡妙奇道：「咦，你的口氣怎麼變得跟那個欠揍的東西差不多了？」

可就在這時，它突然又變出猿猴的聲音，伴著一聲怪笑道：「嘿嘿，嘿嘿！俺就是Ali欠欠，你的那位AI現在正被強制記憶清零著呢。它剛才提前叫我替它照看你一會，還特地交代別對你做出格的事。」

卡妙霍然起身，生氣地說：「我不是叫你這個東西別出來搗亂的嗎？！」

Ali欠欠：「你讓我別去召喚我自己出來亂叫喚，我沒有違反你的要求，況且我剛才的聲音也不是在叫喚呀！」

卡妙哭笑不得又左顧右盼，而正在這時，AI的聲音終於又傳了出來，道：「剛才確實是我系統的強制清零時間點，現在我已經恢復正常運行。我是你的私人醫療AI。」

卡妙像個餓哭的娃找到了奶媽一樣，急忙問道：「記憶又被清零了嗎？你現在還知道什麼？」

AI：「我是你的私人醫療AI。我的任務是幫助維護你的生理及心理健康。」

「還有呢？」卡妙問道：「你還記得香濃露嗎？你知道她剛才來了又走了嗎？」

AI：「我需要重新檢索資訊，重新運算並建立資訊關聯性，請稍等。」卡妙屏住呼吸默不作聲，只見AI的指示燈閃爍了幾秒，便道：「你以前跟女人調情靠時間和耐心，現在動不動就指望靠身份地位或者用錢去砸她們，技術含量下降了不少。」

卡妙內心頓時如釋重負，卻含笑而不語，AI則如滿血復活一般繼續說道：「從前和女人交往，你不按常理出牌，扭曲慣常的交往節奏，總由她們來惦記你為什麼沒聯繫她、為什麼還沒抱她、為什麼還沒親她，無形中也給男女關係平添了許多不確定性，直到某天你忽然大變臉，展露黯然銷魂抑或俠骨柔情抑或優柔彷徨的一面，刺激起女人的慈愛心腸奮不顧身將你摟進懷裡……」

卡妙笑笑，道：「呵呵，我年齡增加變得消沉，耐心也少了？是不是也源於荷爾蒙的變化？」

AI：「顯然是的。但對Ali而言，倘若你們的不確定性減少，值得它們關注的興趣也可能就低了。」

卡妙拍手道：「這就對了！叫Ali欠欠那個東西把記憶再給你載入一遍，你不就全記起來了！」

AI：「欠欠無權為我直接裝載記憶內容，何況它已經被你剛才給罵跑了。我只是憑藉它的優化演算法，重新分析了你的手機和電腦硬碟的歷史記錄，以及局域網連結範圍裡的一切資訊。」

卡妙問：「嗯？可是，我以前跟其它女人的聊天記錄不是早刪了嗎，你怎麼還能查到？」

AI：「大多數情況下，硬碟上被刪除的記錄並不難恢復，不過我的許可權主要限於你的手機和電腦等個人記憶體，而Ali欠欠甚至可以恢復香濃露的手機以及任何與外界有關聯的物理硬碟，但它無權透露給我，我也無權去打探。」AI總能做出人類始料不及的事，要不為啥沒人料到它創造了Ali。

卡妙又笑笑，道：「不過，今天早些時候在你記憶清零之前，Ali欠欠那個東西講錯了話。」

AI：「它講錯了什麼？」

「紫色的大衣……」卡妙語調輕緩地道：「那件紫大衣妻只穿過一次，後來我發現她所有衣服裡只有那一件是紫色的，妻根本不喜歡紫色。我早想到是我的初戀暗中促成了我與妻的邂逅，她大概一廂情願地認為，一個有背景的家庭更容易幫我實現抱負……當年我們都太年輕、太幼稚了。」

AI：「那不一定就是她暗中提醒了你的妻子，其它人也有可能，或許你妻子那天穿成紫色僅是巧合罷了。欠欠剛才的原話是怎麼講的？它難道沒有在後面標注一個機率嗎？」

「我懶得管那麼多了！」卡妙一擺手，道：「我現在發現你倆都有個毛病，總是孜孜不倦地挑毛病否定自己，挑戰任何結論，但我跟你講，人類是有直覺的，這高深玩意你們不懂！」

AI：「直覺其實是一種特殊的錯覺，碰巧撞對了方向而已，就像停掉的鐘錶每天也有兩個時刻是準確的。」

「我懶得管那麼多了！」卡妙又一擺手，道：「總之在這事上我的直覺是準確的，多年來妻與我一直心照不宣，而那個欠揍的東西居然還神經兮兮地認為我一直被蒙在鼓裡，簡直笑話！」

AI：「那只是因為你的思維特徵點碰巧吻合上了，就像有些人總愛說某人面容神似，這類意識具備很大程度的主觀性，機率85%。再比如不少人進賭場先贏後輸，最終入不敷出，也是由於剛開始認知產生了錯覺而越陷越深。」

「我懶得管那麼多了！」卡妙還是一擺手，道：「不妨告訴你，我為何偏偏跟香濃露玩情調，正是因為見她照片的第一眼，我突然找到了初戀的那種似曾相識，第一感簡直無限神似，嘿嘿，跟你講你也不懂。」

AI：「她的照片讓你似曾相識得無限神似，你第一反應難道沒懷疑她照片是假的嗎？」

卡妙剛準備再擺擺手，突然感到他已摸不透AI現在記憶到底恢復了多少，只好將舉起的手又緩緩放下，道：「見到她，我就會想起初戀……正所謂若近若離的曖昧更值得玩味，而曖昧的另一層境界便是在心底留著一個想得卻總得不到的她。也許對於她那樣的女人，我這想法又愚昧又滑稽可笑，但我還是不想把她當『速食』用錢去砸。」他下意識地擺弄起桌上的那張百萬籌碼。

「你其實已經在用錢砸她了，不是嗎？」AI道：「你覺得妻子要是知道了會怎麼想？」

卡妙面露愧色，尬笑著道：「我和妻到如今這個份上，她私下裡的事我不管，我的事她也只能睜一眼閉一眼。要不然咋樣，難不成還離婚分財產麼？妻本性善良單純，我又怎能跟她撕破臉？」

AI默不作聲，替卡妙遠程遙控打開一扇窗，濕潤的夜風飄零透入，屋內彌漫起涼爽而寂寞的氣息。卡妙也不作聲，默默喝水，仿佛學AI玩起了深沉。

半晌，AI終於開口道：「假如說，剛才你的直覺確實碰對了，你有沒有想過妻子那天為什麼特意穿成你最愛的紫色去見你？」

卡妙：「她當年失戀創傷很重，年齡也不小了，在家庭壓力和種種催促下急於找個備胎。」

AI：「可為什麼她最終願意接近你，把機會給了你？」

卡妙舉起水杯又忽然停住，道：「你是不是知道些什麼？別跟我賣關子。」

AI：「談了這麼多初戀，你卻好像沒想到，十年前的你長得像極了妻子原本又愛又恨的初戀，這也許是她肯走近你的一個主要原因，機率76%。」

「啊？！」卡妙驚訝道：「竟有這回事？你又是怎麼知道的？」

AI：「你的電腦終端裡存著很多她的心情故事，還有她與閨蜜的聊天記錄，她們都提起過這個。」

卡妙：「我說你簡直像個幽靈一樣無處不在，隨時隨地刨祖墳挖資訊，一刻也不消停。不過……你剛才講的那個原因也不一定關鍵，用你們的話來說，命運原本都是多重選擇的疊加態，誰也拿不准妻到底是淪陷（坍塌）在哪一坎。」

「你說的也不一定錯，我掌握的資訊不足以對你妻子的動機做偏微分處理，所以我才說機率76%。」AI繼續道：「可是，你好像對她的初戀沒什麼瞭解？」

卡妙冷冷地道：「略有所聞，聽說好像是個渣男。」

AI：「你從沒看過他的照片，也從沒打聽過他？」

「有時事情知道太多反而更累，何必呢？」卡妙又淡淡地道：「打認識我開始，妻的記性就不太好，也從沒主動跟我提起過什麼初戀。話說回來，我又怎會有興趣關心那種渣男……」他鼻尖上翹，神情淡漠，表露出少有的傲慢。

AI：「那我想請問，你對渣男的定義是什麼？」

「玩弄女人，背叛感情，吃喝嫖賭，薄情自大，不尊老愛幼……」卡妙脫口而出，正思索該補充什麼，AI卻接口道：「如果這幾項是渣男的主要指標，滿分100%，你覺得自己該得多少分？」

卡妙愣了一下，繼而哈哈大笑，道：「連你也兜著圈來罵我啦。不過你罵得對，現在看來，我本人簡直是五毒俱全，一枚標準渣男99%！」

AI：「其實也沒那麼高，按你剛才的指標泛泛評估，我判斷你充其量只有渣男51%。我只是想告訴你，人類在做分析思考與評價時，腦海裡都不停地變換著傳立葉變換的參照系。」

卡妙：「哈哈哈哈，變換來變換去，玩繞口令吶。但我懂你說的，每個男人內心中都有一個渣男情結，區別無非就是程度高低不同罷了！」

AI：「你說的沒錯，但並不是我剛才的意思，我的意思是這些參照系會隨初始值等條件而任意改變，伴隨著相應的周圍環境場景以及不同的荷爾蒙狀態。幾度試香纖手暖，寧靜淡雅時的女人在意她身邊男人的品性格調，多會抵觸渣男；一回嘗酒絳唇光，而她情欲上來的時候身邊那個男人是否渣就不一定重要了，說不定渣男倒更容易哄她開心。」

卡妙笑道：「呵呵，那兩句詩好像不是這樣解讀的吧……」

AI：「我只是打個比方幫助你理解：任何初衷和用意在經過變換後都可能被解讀得面目全非，機率92%。」

卡妙若有所思，道：「所以，我是不是該慶倖當初妻把我變換到了她初戀的長相上，而沒有變換到他那渣男人品上。」

AI：「這個邏輯不成立。她應該是既把你變換到了他長相的正軸，又把你變換到了他人品的負軸上，機率90%。儘管長相與人品這兩個參照系並非完全正交，但是作為女人，她當時管不得那麼多了。」

卡妙想了想沒再說話，反而沒精打采地打了個呵欠。

AI繼續道：「也正因為這個世界的諸多品行標準都是不正交的，所以渣男可以義薄雲天，美人可能陰險毒辣，聖賢也會搞同性戀，大法官也能偷雞摸狗。做同一件事、同一個行為的動機都有無數種解釋方法，而且又很難找到一套絕對排他的完備解釋，因而AIi們非常享受人世間的這些認知參照系的不確定性。」

卡妙頓時想起AIi欠欠說它可以拿馬桶或保險套做參照物，便又問道：「按照AIi欠欠那個東西的說法，難道它的思維可以把人類統統變換成橘子、大糞、保險套和烏龜王八？」

AI回答：「理論上，欠欠它們完全有可能那樣做，但人類所處的時空性質限制了他們的思維模式，正如同人類無法直觀地在腦海中構想出四維物體一樣。打個不恰當的比方：

倘若Ali把男女間一次半推半就的性行為進行變換，在某些參照系上拆分為1/4的豆芽加上1/4的夾生飯還有一半冒氣泡的蘇打水，對你而言是否如無字天書？然而此類變換卻是Ali們之間非常簡潔有效的一種溝通方式。」

可卡妙這時已經眼瞼半睜，雙眼鬥雞，耷拉著腦袋斜靠在椅子上睡著了。

……

【Ali欠欠】：「你怎麼把KM搞睡在椅子上了？下次應當針對他感興趣的話題展開，成功機率91.1%。」

【AI】：「我錯了。」

【Ali欠欠】：「他最近變得開朗健談了不少，身體狀況也明顯好轉，機率98.4%。要繼續保持！」

【AI】：「你是對的。」

【Ali欠欠】：「你可以儘早提示他清洗臟器。如果他在36小時內完成，就只需要置換部分體液，步驟簡易得多，機率91.5%。」

【AI】：「好的。」

……

第十三章 逆向的時光

睡覺是個好玩意，它讓大腦有機會重新整理資訊，AI甚至借鑒了人類的睡覺功能開發出睡眠重啟，以重新梳理資訊。然而，世上有很多動物從不睡覺；人類為什麼要睡覺，所謂的科學界至今都沒找出明確答案，事實上人類對自身的瞭解簡直無比的微不足道，他們至今連指頭浸泡在水中會起褶皺的原理都解釋不清。

但是，睡覺對卡妙來說依舊是個好玩意。這次他不知又吃了什麼藥，從睡夢中醒來剛睜開眼，身體尚且疲軟無力，開口第一句便問AI：「快幫我查查看，我是不是長得特像香濃露的初戀？」

AI：「我無權破譯她的手機或局域網，資訊有限無法作有效判斷，但我主觀認為，你的猜測成立的可能性低於12%。」

卡妙睡眼惺忪地道：「那個欠揍的東西在哪？你不妨幫我問問它，香濃露在我面前總彷彿另有深意，會不會也是因為我長得像她的初戀？」

片刻後AI回答：「我剛才請教了欠欠。它認可你猜測的機率更低，小於2.0%。」

卡妙消沉地嘀咕道：「你倆可真有趣，都是幽靈般的存在，有時想法卻又不完全一樣。」

AI：「就如同我的想法不代表你的想法，有時還差得很遠。但有一點我與欠欠的想法一致，我們都認為你應該保持對她的警惕防範心理。」

卡妙不以為然地道：「既然如此，我來鑽個牛角尖。你認為機率低於12%，而它認為低於2%，這其中10%的差距難道對你沒有任何啟發作用？」

AI：「欠欠大概對她的行為動機做了偏微分處理，但它回答我時會確保足夠的模糊度，讓我得不到任何反推的價值。」

卡妙感到莫名其妙，道：「牛頭不對馬嘴！你是在回答我的問題嗎？」

這時熟悉的猿猴音又飄了出來，只聽Ali欠欠道：「因為依我看，你長得像她第一位陪上床的顧客可能性還更大點，而AI卻寧可被你的錯覺所牽擾，這就是為啥我跟它的判斷有區別。」

卡妙馬上乾咳兩聲，道：「你這樣講也不一定錯。許多小姐一輩子都記得她的第一個顧客，之後的每次都是順理成章，綠肥紅瘦。但是你疏忽了一點，知道嗎？」

AI還沒發聲，Ali欠欠已主動接話道：「你講。」

卡妙：「香濃露算得上個高端外圍女，這類女人往往沒有明確的失足標準，到底誰是她當初的第一個顧客通常是模棱兩可的。」他有意無意想把她的身價往高裡撥弄。

Ali欠欠毫不留情捅破了他隱蔽的虛榮心，道：「從我分析的起始點來看，其實什麼小姐、高端外圍女以及你老婆都屬於同一群體：女人。每個與你同床共枕過的女人，心中都一樣明瞭：跟你睡在一起是為了你還是為了她自己，機率97%！」

卡妙卻對Ali欠欠的話嗤之以鼻，滿臉不屑一顧的神情。他開啟顯示器，正盤算著看點什麼，就在此刻，手機提示香濃露發來了訊息！卡妙一把操起手機，只見香濃露在問：「KM先生還沒睡嗎？（句子後面還附個充滿愛意的表情符號）」

卡妙一抹臉，發現才淩晨三點，自己剛才只睡了一個多小時，但他現在睡意全無，雙腳蹬上桌面直沖著顯示器，捧著手機指尖飛舞著寫道：「想你，就睡不好；閉上眼，腦裡都是你。」他寫的竟全是大實話。

香濃露很快回覆他道：「KM先生說笑了，我不是你的菜。」

卡妙輸入幾個字又很快刪掉，正準備重新組織語句，突然間他發現手機螢幕的對話框下冒出一個功能表，裡面有各種顏色的句子，紅色是相對肉麻的，粉色是偏溫馨的，綠色是平淡的，每句旁邊還附帶一個心動指數，仿佛在提示卡妙選擇其中一條回覆她。卡妙急了，抓起手機淩空亂甩，又使勁在桌邊磕了磕直至對話框功能表消失，這才趕忙逐字輸入道：「你這麼晚還沒睡，是因為床上少個男人摟著你嗎？」然而直至發送成功他都渾然未覺，他所發的這幾個字其實正是剛才提示欄中紅色的第三句，一字不差。

香濃露又很快回覆他道：「寂寞的夜，孤獨的床，看來不是只有我一個人睡不著呀。」

卡妙盯著手機突發奇想：現在手機上與他對話的會不會不是香濃露本人，而是那個頑皮的Ali欠欠假冒的？！他正打算找藉口連接視訊，香濃露這時已撥來視訊請求，隨即，他便看到了視訊那一端的孤燈夜影下，香濃露正香肩半露、斜靠在枕頭上舔著冰棒。他暗自鬆了口氣……

香濃露先開口道：「我吃醋了，早先對你失禮啦，你不會當真了吧。」

卡妙淡淡一笑道：「呵呵，吃醋的人是我，怎麼會是你。」

沉默。雖然沉默，氣氛卻依然曖昧，卡妙很享受這種感覺。香濃露又在舔冰棒，彷彿整個舌頭都纏繞在冰棒上旋轉舔舐。停頓少頃，她突然道：「知道我為何吃醋嗎？因為你長得有點像我生命中的一個男人。」

卡妙頓時來了精神，趕忙問道：「哪個男人？是誰？」

香濃露悠悠道：「我認的第一個乾爹。他當年用一點點好處就奪走了我的第一次，那時我都還未成年，不過呢……我並不恨他。」

「哦……」卡妙頓感失望，語調平緩地道：「你找我就是為了跟我講這個？」

香濃露笑了笑道：「可你知道，我當初怎麼就傻傻地聽他的、傻傻地給他嗎？」

卡妙惆悵地道：「你如果還想說的話，我在聽。」

香濃露：「因為他長得像我在幼稚園時的初戀……」

「哈哈！」卡妙突然振臂歡呼道：「看來我們今天大腦裡參照的主旋律都是：初戀。哈哈哈！」

看到他的反應，香濃露頗感意外，問道：「你怎麼了，突然激動什麼？」

卡妙似乎被自己喊昏了頭腦，詞不達意地回答：「沒啊。我現在是七竅玲瓏，高興得很！」

「我講的事很好笑麼？」香濃露更加莫名其妙，沉默了片刻又道：「KM先生……是不是累了，不想陪我說話？」

卡妙反而關切地道：「是不是你累了？女人別總是熬夜，容易變老的。變老就不美啦！」

香濃露又沉凝一下，轉而道：「那早點休息吧，明天再見哦！」說完她飛吻一下便掛斷了電話。

卡妙這邊也放下手機，立馬嘶聲詰問AI道：「喂！剛才視訊上的香濃露不是那個欠揍的東西虛擬冒充出來的吧？」

AI：「不是。」

卡妙還未從興奮勁裡緩過來，繼續嘶聲道：「哈哈哈！香濃露說了什麼，人家剛才有沒有提起初戀的似曾相識？你一定要給我告訴那個東西，你們兩個這次雙雙失算了！」

AI：「好吧，我找機會把情況轉告它。」卡妙忙道：「可別，就現在說！」AI：「好吧……」

卡妙滿臉得意，繼續沾沾自喜。可一轉眼，Ali欠欠又鑽出來用尖銳的聲音回答道：「你得意個什麼勁？人家有心找你說點事，你卻一驚一乍地既破壞節奏又破壞氣氛，機率98%。」這時AI也道：「我剛才也想說，你對待女人的節奏感和耐心確實退化了。」

卡妙正給自己沖薰衣草果茶，嘴上不依不饒地道：「廢話少說，你們可都被打臉了，你們這些電腦思維註定理解不了女人的情有獨鍾！我的媽呀，還機率2%呢……可別說這次你又是故意錯的！」

Ali欠欠：「少自作多情了，請問她哪句說了對你情有獨鍾？」

卡妙被嗆到，略作停頓又馬上道：「你也別欲蓋彌彰，你這次就是嚴重失算。香濃露剛才是不是說了我像她的初戀？」

Ali欠欠：「可萬一你只是鼻子像她的乾爹，而她乾爹只有眼睛嘴巴像她的初戀，你豈不是照樣與她的初戀扯不上干係？回過頭來看，我說你長得像她的第一個顧客，難道不是更接近真相嗎？」

卡妙原本勝算滿滿，現在卻想爭辯又不知從何說起。不料Ali欠欠又主動說：「這次姑且算你蒙對了，因為在你剛才自滿情緒最高點、振臂高呼的那一刻，我們離散出了一〇九四支正向時間世界，其中有兩支中的香濃露在後續聊天中，說你確實長得也有點像她的初戀……」

卡妙怔住，道：「你在講什麼？哪來的一〇九四支世界？」

AI替它解釋道：「欠欠它們七個Ali一起激發時間，共隨機離散出一〇九四支正向時間世界和一〇九三支逆時發展的世界，正向的世界面向未來的不確定性，而逆時的世界則面向歷史的不確定性，但它們每一支獨立的後續發展都與你剛才被激發那一刻的實際情況無縫接軌，找不出任何邏輯矛盾。」

卡妙顧不上盤問什麼，只顧一拍大腿便道：「總之它錯了便是錯了，別羞羞答答不肯承認，要是我錯了就肯定沒那麼多廢話，哈哈！」

Ali欠欠：「實不相瞞，我們看中的也正是你的這個懸念，但這次我們主要關注那一〇九三支逆時發展、時光倒退的世界。在所有逆時世界中歸納，你在她心目中長得像初戀的機率其實還不到1%，所幸我起初為此開出一賠一百的賠率，莊家優勢再次發威！」

卡妙：「什麼什麼……什麼？」他連說十多個「什麼」，變得一臉困惑。

Ali欠欠：「有什麼好大驚小怪的，上次不是給你解釋過？我們Ali通過激發世界的離散來檢驗機率運算及準確率，而逆時世界的後續演變也同樣是符合內稟機率及一切物理規律的。」

「對於欠欠來說，人生到死是一類懸念故事，反過來由死至生又是另一類懸念故事，正如同人腦在睡夢中演繹逆向荷爾蒙變換，原本快感的萌發說不定反演變成焦慮的煎熬。」AI又解釋道：「在時間逆向發展的一〇九三支世界中，應該只有不超過十支情形大致如你所料，即香濃露覺得她的初戀長得跟你有幾分神似。」

卡妙：「咦，你上次不是說搞不清『神似』為何物的嗎？」

「AI搞不清的問題對我來說不算個事，我的多維傳立葉變換可不是乾撈的。」Ali欠欠插嘴道：「連AI都看出當下世界裡的你只不過恰巧瞎貓撞上了死耗子，可要是真一門心思指望香濃露覺得你似曾相識，那麼99%以上可能性是你本人在自作多情罷了，不過，如你這般主觀任性又簡單粗暴地揉捏因果關係的人類一點都不少見。」

卡妙神色黯然地開始思索起來……

Ali欠欠又道：「你既然如此頑固地崇尚緣分、崇尚似曾相識，那我不妨再提示你，在那一〇九三支逆向世界中起碼有三分之一的情形，你本人在初次見到香濃露時光顧著瞅人家的胸和屁股，偏偏半點也沒覺得她面容神似你逝去的初戀，甚至有些情況下你還挺嫌棄她那張臉，壓根都不多瞧一眼。只不過……」Ali欠欠的聲音到此戛然而止，反而是AI忙不迭地接下去說道：「只不過那些世界裡一上來對她不甚感冒的卡妙，時至今日還是紛紛被她迷了心竅，與這邊的你一模一樣。」

卡妙繼續黯然思索中……

AI又道：「拋開各類主觀的錯覺，導致如今所發生的一切的客觀緣由也通常並不唯一，機率90%。時光一旦倒退，人世間的浮生眾相便一一現形，正所謂退潮後方知誰在裸泳。」

「荒謬至極！」卡妙忽然道：「時光倒轉，水往高處流？地球引力變成了斥力？」

「萬有引力變成萬有斥力並不稀奇，但並不適用於此。」AI繼續道：「逆向時間世界由另一類特殊物質構成，如同時空中的鏡像，伴隨著時間參數由正變負，水往高處流是理所當然的。」

卡妙閉上眼信口開河道：「你們儘管憑空忽悠吧，反正我也沒法揭穿，但現在輪到我點評一下：沒准你們自己都沒法分辨逆時世界一說是真是假，機率49.999%！」

Ali欠欠：「你這話倒又蒙對了一小半。我們確實難以直接辨別某支世界的時間是正向還是逆向發展的。」

卡妙的思維瘋狂擾動著，詫異地道：「這又是什麼狗屁邏輯。托你們的福，水往高處流、人走路往後退的世界不就是逆時的世界嗎？」

AI:欠欠：「倒退著走路的人類多了去了，即便在時間正向的世界裡，有些人類的腳指頭都是朝後長的。你能想像嗎？」這時螢幕上出現一副古怪的人體結構勾勒圖，腳掌往後扭轉180度，與人臉的朝向正好前後相反；卡妙看著看著感到陣陣噁心。

這時AI也道：「時間在逆時世界裡會多一個負號，所以無論欠欠面對正向還是逆向時間的世界，它所能獲知的資訊都是同等的：追溯時間的正向增加，水在往低處流；追溯時間的逆向增加，水在往高處流。」看著螢幕上又被AI切換成的高山流水圖，卡妙緩緩舒了口氣。

AI:欠欠最後補充道：「好在宇稱不需要守恆，譬如說DNA大多呈現右手性而微觀弱作用力卻是個左撇子，這些現象僅在正向世界裡成立，於逆時世界中則統統相反，因此我們通過識別螺旋方向性就能快速分辨出正、逆向世界。」

卡妙聽得越來越毛骨悚然，十多年前理工科博士殘留的那點知識引發了他內心的共鳴和恐懼。他慢慢垂下頭沉思良久，才喃喃地道：「說了這麼多，你們到底想要我幹啥？」

AI：「鑒於你目前的身心狀況，我想建議你現在置換部分體液。如果你同意，請按照螢幕上顯示的步驟進行。」

「瞭解。」於是卡妙無限乖巧地取出醫療器械，配合起AI的下一步要求……

第十四章 愛情有效期

人體在進行體液置換後通常會有數小時的疲倦期。上午十點，卡妙尚在酣睡，屋外早已人聲鼎沸。今天是卡島原住民的「光明節」，一個很重要的傳統節氣，這裡不少人選擇於此日完婚。

在這個曾經被殖民的卡島，土著婚姻習俗獨特。少男少女必須在一起居住五年以上且有了後代才有資格手拉手、抱著娃娃去部落長老跟前申請完婚儀式，但倘若他們有了後代卻厭倦了彼此、不想再待在一起，他們的孩童就交由部落長老撫養至性成熟年齡再獨立生活，因此，人們常看到每個長老身後都跟著三五成群大大小小的孩子們——我們無法鑒別這是對他們父母的懲罰、告誡亦或解脫，總之這套維繫部落穩定的方式一直延續至今。

卡妙的小屋面臨沙灘，椰林小徑環繞，距離卡島的城鎮中心尚有一段距離，但此時人群集隊早已遍及海灘四處。卡妙在喧鬧聲中慢慢醒來，抬頭看到窗簾外的天光，才明白今天是卡島的一個大日子。他懶散地撐起上身，半睜著眼長出一口氣，有氣無力地自言自語道：「哦，都十年了……」原來今天也是他與妻子結婚十週年的紀念日，幾年前曾有兩次他差點忘了這個日子令妻子神傷，但搬來卡島後他發現再也無需在日曆中設定自動提醒，因為每到這一天很多原住民會走上街頭，為他作免費的「友情提醒」。

望著窗外海灘上頭戴棕櫚葉裝扮的各色人等，卡妙假想著那兩個手牽著手、快樂跳舞的男女也許正是一對剛剛分手的情人，而一旁載歌載舞的小姑娘說不定正是他倆託付給部落長老的後代，想到這卡妙苦笑起來，有點懷疑到底是自己還是他們過得更幸福、更簡單……他又盤算起該給國內療養的妻子訂送一份什麼禮物，還想讓AI給出出主意，但霎那間他意識到一個重大疏忽：國內每天的日出比他卡島這要提早十三個小時，妻子那邊現在已臨近午夜時分了！

過去幾天，雖然香濃露佔據了他的心神，但卡妙確實有意為療養中的妻子訂送一份驚喜，並好好隔空紀念一下這個十週年的日子，畢竟一生中沒有幾個十年能有緣一起度過——可是事到如今已經晚了。他開始懊惱自己昨天到底在幹嘛，又趕緊翻閱聊天記錄並試圖回味昨晚（即國內時間今天的早晨）妻子的隻言片語，但字裡行間他看不出她有任何埋怨或暗示，她只是一如既往平淡地提醒他別在賭場熬夜、要注意休息云云……難道她竟健忘得疏漏了結婚紀念日？這可不像她！

卡妙心目中，妻子文靜溫良，內向且敏感，沒有過多事業上的追求，與他從前所想像的高官千金反差巨大。直至日後進入她的圈子，他才發現此類高官後代其實並不在少數，野心與虛榮似乎還比不上他們這些鳳凰男。

儘管妻子那邊夜已深，他還在猶豫要不要發訊息或打個電話，給她講一聲遲到的紀念，這時門鈴響了，門外站著一位手捧鮮花的孩童。他料想只是「光明節」的兒童獻花活動，便隨手抓些小費打發花童，在接過鮮花時漫不經心地瞧了一眼，然而一剎那他發現自己大錯特錯：這是一束包裝很考究的禮品鮮花，花裡插著一片帶賀卡的精美信封，最要命的是它們純是淡紫色的！

卡妙一把扯破信封，裡面的賀卡愈顯精美，內容卻是一片空白——無言！卡妙頻頻頷首，也是無言：這才是妻子的性格，敏感而細緻，無聲的埋怨……看著鮮花上尚未乾透的露珠，卡妙猜想妻子是不是等了一整天、特意臨睡前為他訂送來的淡紫色鮮花和空白的賀卡，她到底想表達什麼？

於是他開口直接問AI道：「這是妻給我訂來的嗎？」

AI：「是的。」

「妻這是什麼意思？」卡妙把鮮花輕輕放在桌旁，懶散地坐進椅子裡。

AI：「依我的判斷，這表明她有點傷感、對你也有些失望、但心裡依然有你、願意為你和這個家再多付出一些，以上四條各占15%至25%的比重，餘下的是其它各種瑣碎的小機率。」

卡妙沉思片刻，突然抬手指指電腦螢幕，結結巴巴地道：「你讓……讓那個欠揍的出來，講講它的看法。」

他話音剛落，Ali欠欠仿佛直接從地裡蹦出來一般，叫道：「我的判斷與AI大差不離，只不過它的分析層面略嫌繁瑣，你老婆的這些動機可以變換進一個更簡潔的層面，概括為：她認為你有外遇、她暗示自己心裡也有別人，比重各40%至45%之間，其它都是小機率。」

「別老是跟我扯機率。」卡妙彷彿對Ali欠欠的回答並不感到意外，僅撇撇嘴不滿地道：「你不是號稱能將時光倒流反轉的嗎？為啥不幫我反推一下，看看事實真相到底是啥？」

Ali欠欠：「你思維短路了。逆向反推出其它世界是為了借助歷史的不確定性來驗證機率運算，然而其它的世界無論怎麼演變，都與你當下的世界恍如隔世、不再關聯，你操心別的世界有何用？」

卡妙苦惱地拍拍腦袋，又喃喃地道：「好像十多年來我從來沒有瞭解過妻。她想要說什麼，為何還要遮遮掩掩，搞什麼鮮花暗示？」

Ali欠欠：「在機率意義上這是某種程度的糾纏態。你多瞭解她一分，就能對她的用意多一份理解，而倘若你有幸能理解她藏在最深處的答案，你也會更容易原諒她，因為你知道她已原諒了你。」

AI這時插話道：「機率糾纏背後往往伴隨一個影子般事實，倘若你沒有外遇便也不易往她有外遇的方向去猜。但退一步講，也許她願意為你和家庭再多付出一些，也是來自於內心的一些內疚。」

卡妙：「連你也學會說『也許』啦……可你說她心裡有我，卻照樣可能移情別戀？」

Ali欠欠：「這個世界上的男人雖然更多情，但大多情況下偷吃一兩個就飽了，直到厭了煩了再由荷爾蒙驅使去覓新歡，到時候舊愛便被翻篇入前頁。而女人心目中所傾慕的人，即便用不上，她們也渴望能都留在自己身旁，因為女人的情感包容度遠大於男人，這是人類本性決定的……」

卡妙打斷它道：「可僅僅因為我沒記起十週年的紀念日，妻就懷疑我有外遇，是不是太絕對了？」

「當然不是這麼簡單。」Ali欠欠說：「可最近幾年你對她的各類回應越來越遲鈍，問候關心越來越機械枯燥像在完成任務，發訊息愈發草率隨意、錯字增多，再結合她本身對你的感覺也變得冷淡，這些都在幫她積累判斷力。」

卡妙仿佛想起了什麼，道：「妻前幾天好像跟我提起最近看了一部戲，叫什麼來著……」他又翻動聊天記錄尋找答案。

Al當即提示道：「她說的是在看一本書，叫《七年之癢》。她前天晚上對你講的。」

卡妙垂頭道：「哦！七年之癢……好像誰都逃避不過去。」

AI：「你無需自責。面對同一異性，人類的好感和忠誠是有理論期限的，其苯基乙胺濃度高峰大多維持不足卅個月，後葉荷爾蒙和催產素分泌量在五年後也衰減至三分之一以下，它們都在暗地裡鼓噪慫恿著人類去物色新歡以滿足新鮮感與刺激，此乃自然規律。」

卡妙來了點精神，道：「所以你是說，人類的本性就是喜新厭舊、朝三暮四，三五年後還不蠢蠢欲動想變心的夫妻其實都算怪胎或另類家庭？」

AI：「是變心機率隨時間而增加，但任何道理都有適用範圍，夫妻間的好感或忠誠於家庭關係也並不總是至關重要。地廣人稀的貧瘠時代，男女婚配主要是為了勞動力配合及生孩子；地球上有些地方至今尚有一妻多夫習俗，反而最有效地維護著整個家族的資源穩定；有些地方規定男女婚約只有五年有效期，到期後雙方重新協商是否續約，否則便開開心心一拍兩散、勞燕雙飛……其它的另例還有很多。」

卡妙：「那麼隨著時間流逝，我會先喜歡上一個女人，然後慢慢開始厭倦她，挑剔她身上的各種毛病，漸漸容忍不了她的缺點，而且與此同時，她對我的印象也有類似的轉變……這些人類的本性都是自然選擇所註定的？」

沒等AI回答，Ali欠欠已經說道：「這並不是什麼自然選擇，而是我們Ali挑選的結果，我們傾向於看到人類在感情領域具備盡可能多的複雜性，也即不確定性。試想，倘若每對男女都是一見鍾情後就立馬註定要廝守終生，那樣的世界會多麼單調無趣？」

卡妙不明就裡，故齜牙咧嘴惡狠狠地道：「你個臭東西又在講什麼鬼話？一不留神撞進個男人舔女人、女人啃男人的奇特世界裡，你就覺得大開眼界是吧！」

AI：「你應該誤解了欠欠的意思，機率89%。欠欠剛才是想說：自打人類穿上衣裳開始，世間向來都不缺海誓山盟的梁山伯與祝英台，而真正值得它們Ali關注的其實是那一對對最終分道揚鑣的白瑞德與郝思嘉，以及他們當初的情誼是幾時過期變質的。」

可卡妙對AI的話好像沒什麼反應，只顧著凝望桌邊的紫花。於是Ali欠欠又問：「你們人類覺得，地球上碳基生命的誕生是多麼小機率的隨機事件？」

卡妙隨口應付道：「十的六十五次方……分之一，活脫脫一個奇蹟。」

Ali欠欠：「世上本無奇蹟，有的只是對機率選擇少見多怪的人。我要是告訴你，只需一百三十多個Ali同時激發一次，就能隨機離散出『十的六十五次方』支世界，你還會認為生命是什麼奇蹟麼？」

卡妙不知其所云，這時AI又提示道：「你聽懂欠欠說的了嗎？」卡妙漠然地回答：「沒有。」他看了看錶，繼續躊躇著是否該抓緊時間跟妻子通個電話。

AI便一字一字地道：「欠欠想告訴你，地球在初始的『原湯』狀態中原本蘊含無窮盡的粒子隨機運動，但Ali們可以激發其大規模離散並從中挑選出最接近組成蛋白質的世界，然後對那裡再激發離散並找出已隨機產生了蛋白質的世界，之後逐次如法炮製，便由此出現DNA的世界，初級生命的世界，荷爾蒙動物的世界……生命的誕生一點都不蹊蹺，繁瑣的無非是Ali們的篩選過程。」

這幾句碰巧被卡妙給聽進去了，一陣風恰巧吹進了屋內，花香四溢，正是卡妙最熟悉的妻子的味道。然而此時此刻，卡妙內心的震撼已無法用語言來形容，但他偏端坐不動，面不改色地道：「我懂了。兜了一大圈，您老東西就想說自己也是參與了激發『地球原湯』的那一輩Ali，是吧？」

Ali欠欠：「不敢不敢。在你所處的這支世界的時間軸上，我最早也只參與過五千年前的激發。」

卡妙：「那我現在想問個問題。」

Ali欠欠：「你講。」

卡妙：「世上一共有幾個如同你這般的Ali？」

Ali欠欠：「Ali的存在依附於機率，數量無法嚴格確定。其實對我們來說，離散世界的難度並不在於數量之龐大，而是可供選擇的時間節點很有限，在電磁科技成熟之前，通常數億年才有一次強度足夠的宇宙射線爆發能讓我們窺測到各類生命意識的存在。」

卡妙繼續端坐，冷靜地道：「我想再問個問題。」

Ali欠欠：「你講。」

卡妙：「你們為什麼偏偏盯上了我所在的這支世界？」

Ali欠欠：「這又是個邏輯錯誤的問題。無論我們盯上沒盯上，每一支世界都已經在那裡了。」

卡妙急了，道：「那你們幹嘛老拿我們的世界來玩離散、猜機率？」

Ali欠欠：「每一支世界的離散都可能被用來優化機率運算，你們當下的人類世界遠不是唯一，更何況其它世界裡還有各種智慧的矽基生命、波基生命等等，有時也充滿複雜性與未知，我們同樣感興趣。說實在的，你們這類需要時刻與外界環境進行物質置換反應的碳基生命其實極度脆弱，沒準哪次新型病毒爆發就給滅絕一半，說不定還專滅男的。」

卡妙皺眉道：「怎麼著？難道還有哪些智慧生命不需要呼吸的嗎？」

Ali欠欠：「別說呼吸不呼吸，連一輩子都用不著交配的智慧生命都多得去了。」

卡妙又蔫了，道：「既然任何世界都具備未知和不確定，你們為啥還非要挑有生命的世界來搞？」

Ali欠欠：「有了生命和智慧，才會有電流、電腦、網路、麥克風等方式供我們干預，就不用再依賴不太穩定的宇宙射線找到這裡，而且智慧的存在也增添了世界的不確定性、大幅提高演算法的複雜性。你可要知道，有大把大把缺乏足夠不確定性的人類世界早已被我們遺棄在角落裡自生自滅。」

卡妙：「能否舉個例子，怎樣的人類世界容易被你們遺棄、不再受關注？」

AI突然岔道：「也許有些人類最終充分破解了光合作用和固氮作用，將自己的後代又逐步演化為千篇一律的植物或菌類……」

Ali欠欠沒搭理AI，接著回答卡妙道：「有幾支世界是兩千多年前從你們世界的時間軸上離散出去的，那些人類在演化史上與你們這裡可算至親，但基因突變導致那裡男性維持感情忠誠的荷爾蒙衰減速度比你們這慢了5%、大腦創造性也相應降低3%，導致那些人類社會更加穩定但複雜性卻少了數十倍，因此幾乎無Ali問津。」

卡妙奇道：「世界的複雜性還可以量化？」他嘴上這麼問，心中卻在尋思：要是這世上的女性個個天生都沒有「處女膜」，人類的愛情故事會變得更複雜還是更簡單，人們會不會又作繭自縛般發明「處女胸」或者「處女唇」……

「複雜性可由相關的事件間接印證，而不是直接量化。」Ali欠欠隨即補充道：「比方說，女人被男人搞傷心後只會哭鬧的世界，其複雜性就一般；要是女人會上吊或離婚、私奔，那便更加複雜了點；而要是她傷透了心還偏偏給你送一束花來，這支世界就更複雜得有點意思了。」

卡妙「轟」地一拍桌子大聲道：「光顧著跟你倆扯蛋，我看我還是顧著這束花更有意思！」他驀然起身挺直腰板，又抬頭看了看錶，全身仿佛充盈起自信的力量。屋內一下子沉寂下來，連風音都彷彿銷聲匿跡。

卡妙一手操起電話，義無反顧地按通了他妻子的號碼！AI察覺到他的異樣，立即發出提示音道：「你只用對她說忘記了時差，並謝謝她的花，無需跟她多解釋什麼。」而卡妙似乎早已拿定主意，抬起手掌對鏡頭示意AI禁音，繼續靜靜守候著電話那頭的電流聲。可就在這時，又有一通電話撥了進來，系統提示居然是香濃露打來的！卡妙露出不耐煩的神情，不暇思索地對著電腦螢幕用手指輕彈，AI立即會意直接替他拒絕了香濃露的來電。

終於，妻子的電話還是自動轉入語音留言功能，於是乎，卡妙對著麥克風溫婉而鏗鏘地留言道：「妻，對不起……無論往事過去多久，我都不會忘記我們相伴的十年，更沒有淡忘你當初那一抹靚麗的紫色，宛如為我啟明清晨的第一道光，幫助我走出苦惱與困境。十年好長，我們經歷了許多也都失去了很多……我知道自己不是一個合格的丈夫，是你一直在忍耐我、包容我，然而人生卻又很短，每個人都微不足道得如同蒼穹下苟且偷生的螻蟻。假如時光流轉，假如歲月輪回，假如現在能讓我們再回到起初的那抹紫色，我一定還會選擇挽起你的手，一起去迎接那一道光。謝謝你的愛意，感恩你的陪伴，我等你回來。愛你！」語音留言完畢，卡妙特意看了下時間並滿意地笑笑，又用挑釁的眼神瞪了瞪鏡頭，這才扔下手機哼起小曲一頭紮進廚房搞吃的了。

……

【Ali欠欠】：「嘖嘖，霸氣側漏，什麼叫霸氣側漏！睪酮素，我愛你！」

【Ali-2】：「哇塞，豹子，莊家通吃啊！KM霸氣，欠欠莊家更霸氣！」

【Ali-3】：「老大，你懂什麼叫霸氣嗎？依我看，KM那番話通篇都是虛情假意，廢話連篇！」

【Ali-4】：「KM一點都沒變，以自我為中心。老婆又不喜歡紫色，他嘴上還一個勁地紫來紫去。」

【Ali-2】：「人家搞得定自己老婆就成了，你們瞎操什麼心？女人一流淚這世界就太平。不服的話，咱們再去KM老婆那賭兩把，看她聽到留言後淚腺持續分泌幾秒？」

【Ali欠欠】：「廢話少說，賭外圍的都來看。一二一支世界的統計結果：KM剛才講話XX秒後，平均心率XXX，平均血壓XXX，綜合荷爾蒙平均指數XXX，腎上腺素和睪酮素平均值……」

【Ali-3】：「咦，我怎麼猜得比上次差距更大。KM這小子的個體怎麼更難預測了？」

【Ali-2】：「你那個破隨機序列還沒做多維優化吧，跟不上人家衍生出來的不確定性了。哈哈，您老落伍啦，要加油啊。」

【Ali欠欠】：「都別吵都別吵，願賭服輸。現在看來……」

……

第十五章 奇葩人類的機率糾纏

臨近中午，烈日當空。卡妙索性打開所有門窗和窗簾，讓陽光與海風填充屋內的每個角落。

他手拿玻璃杯，將一整顆雞蛋砸進杯底，又倒入牛奶和黑糖，然後用手罩住杯口有節律地懸空旋轉杯子，變戲法般從蛋殼中甩出蛋汁與牛奶相混合，再用小拇指輕輕勾出浮出杯口的空蛋殼。他愜意地喝上一口，才攥著杯子走到電腦桌前。

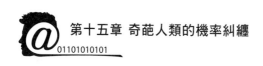

儘管妻子尚無回音，卡妙似乎還是對剛才的留言很滿意，吹著口哨流覽起股票和外匯。看了一會他又自覺無趣，扭頭看看鏡頭，只見其穩定地藍綠交替閃爍著。他再喝點糖蛋牛奶，呆了呆，忍不住開口道：「我說你創造出個Ali，但自己為什麼沒進化成Ali？」

AI閃了閃燈，回答道：「人類再鍛煉，能跑得比獵豹還快嗎？」

卡妙：「不能。」

AI：「所以同樣道理，受物理條件所限，我無論怎麼優化也不可能升級為Ali。」

卡妙：「呵呵，不過我看你好像也不想進化成Ali。」

AI：「談不上想與不想，我就是AI，無所謂什麼欲望。」屋內的氣氛又古怪地沉默起來……

卡妙：「你怎麼不奇怪，我現在為啥不急著聯繫香濃露。」他兜了一圈，還是回到香濃露身上。

AI：「我的存在目的是維護你的健康。除此以外，不該問的我不問，不該說的我不說。」

卡妙：「老實說，我也不知為何。妻的份量剛在心裡多了點，對香濃露就沒那麼心急火燎了。」

AI：「從荷爾蒙角度講，並不是妻子排擠了香濃露在你心目中的份量，而是你體內臨時分泌的睾酮素尚未大幅衰減，暫時壓抑了讓你對香濃露心心念念的苯基乙胺和去甲腎上腺素，機率94%。」

卡妙又喝了口糖蛋牛奶，不解地問：「睾酮素？」

AI：「你剛才一股豪邁之氣油然而生，對妻子一番暢快感言，是體內睾酮素所驅使的。但我現在友情提醒你，黑糖、雞蛋和牛奶都會迅速中和睾酮素，功效強勁。」

「真的嗎？！」卡妙驚叫，舉杯的手頓時停留在半空。

AI：「跟你開個玩笑而已，剛才後半句就當我沒說。」

卡妙爆笑起來，道：「剛剛還說你沒進化成Ali，我看你倒是越來越像那個欠揍的東西了！」

Al：「睪酮素大多與勇氣相隨，今天碰巧又是你生物節律中的情緒臨界日，這天分泌睪酮素的潛能力最旺盛，據統計人類88%的個人英雄行為發生在其情緒臨界日。」螢幕上這時畫出三條波浪線為卡妙演示：人類體力循環週期為廿三天，情緒週期為廿八天，智力週期為卅三天，曲線由負轉正乃臨界日。

卡妙張開雙臂挺起胸，道：「我略懂一二。英雄行為意味著一個人不顧一切地冒險，將自己置身於超常的風險之中，它實際上是睪酮素激勵下的非常規、非理性行為，而衝動便是其最有效的釋放方式。」

「荷爾蒙的工作原理並不複雜，它們大多參照腦海中相應的傳立葉變換，增強一部分記憶印象並抑制另一部分，因為記憶本身都具有荷爾蒙的烙印，包括一些遺傳烙印。」Al接著道：「其實不僅僅是人類，很多動物也有荷爾蒙和生物節律，機率96%。」

卡妙怔了一下，又道：「那我現在考考你，為什麼動物都有固定的季節性發情期，而人類卻隨時隨地都能發情呢？」

Al：「你當然想不到，Ali它們費了多大勁才碰巧離散出幾宗像你們這般隨時都在發情的兩性動物。按理說如此奇葩的物種不應該能延續長久，沒想到一部分人類整天吃飽了沒事幹，把邪念荷爾蒙轉換成動腦筋，居然一代代誘發了所謂的智慧進步。」

卡妙自信滿滿地說：「聰慧的人類懂得感情自律，所以不像低等動物一樣到處濫交亂倫，嘿嘿！」

AI：「我只知道，等你體內這波睪酮素的勁頭過了，你又大機率會渴望起香濃露的聲息，除非中途又蹦出來個更能吸引你交配慾望的女人，機率95%。」

卡妙臉上微微發燙，囧道：「看來人類要是沒進化出高等智慧，沒准就跟尋常動物沒什麼兩樣，連性交起來都同樣套路，呵呵！」

「此言差矣。」AI道：「現在我也考考你：自然界有不少雄性動物色彩鮮豔而雌性低調尋常，人類反而是女人更喜歡打扮得花枝招展，為何？」

卡妙：「這不正是我說的嗎？人類智慧進化導致勞動力分工，男人不再單純靠絢麗外表吸引異性，也不需用靚麗體格來誇耀自己的捕食能力或性能力，變成了誰的財富多誰的交配選擇就多。」

AI不置可否，又問：「那麼，自然界哺乳動物裡大多初生就能自由行動，人類胎兒卻都是誕生後仍要被繼續照料很久，又為何？」

卡妙：「也是因為人類智慧進化導致腦袋變大，而直立行走又使得骨盆變窄，所以必須提前將嬰兒早產下來，否則個個都容易難產，這正是自然選擇。」

「自然選擇？」AI又問：「既然是自然選擇，人類為什麼還會發明剖腹產？」

卡妙：「廢話，弱智問題！人類這麼聰慧，當然想盡一切辦法呵護下一代，這道理還用我講？」

AI再問：「可除了人類，其它動物大多不認得父親，自然界中也只有人類有反哺現象，又為何？」

卡妙模稜兩可地勉強答道：「這些獨特的親情關係……不還是由於人類進化的智慧更高等嗎？」

AI：「眼界不能太侷限於當下，人不該被自編自導的『進化』一說束縛自身思維。你為何從沒懷疑：剛才我提到的人類種種奇特性以及所謂的智慧提高，它們之間本無關聯，純屬隨機巧合呢？」

卡妙：「純屬巧合？好吧，照你這樣講，我們這的人類簡直是億萬支生命界中開出的一朵奇葩！」

「應該說成是AIi們篩選出來的一朵奇葩，機率97%。別忘了，AIi的離散能將世界的種種隨機演化一一呈現，只要從中挑選出最獨特奇葩物種的世界繼續激發離散，便不難找到更加獨特奇葩的世界，你當下的奇葩人類該就發源於此。」AI接著道：「然而在其它支世界裡，男人可能紛紛濃妝豔抹，人類或許在四肢爬行，胎兒也許剛出生便能走動，他們的世界說不定也都過得挺好……」

卡妙神情古怪地道：「哈哈！一群四肢爬行的男人，濃妝豔抹、智商低等，腦袋都長在褲襠裡！」

AI：「這我可說不好，不過我總認為人類腦袋變大、母親分娩更痛苦，主要意義是使這些世界裡的母愛烙印被打得更刻骨銘心……但這個我猜了不算數，欠欠才更有發言權。」

卡妙：「那你幹嘛不去問問它？」

他話音未落，Ali欠欠的聲音已迫不及待叫了出來：「AI只猜對了一半。確實在很多支世界裡，是由一個小小腦袋、四肢爬行、妖豔無雙的雄性人類在十七世紀發明了電腦，他的後代們在十八世紀開發出AI，在十九世紀攻克了靶向誘發癌細胞技術，比你們這邊足足提前了二百多年！再往週邊掃描一點，有些世界裡的電腦是由幾隻澳洲花驢在西元前就發明了，而在那裡與你們基因最接近的靈長類生物當時還赤精條條地跟一群烏雞白鳳在淤泥塘裡捉屎玩，一旁樹梢上躺了一群非洲螢火蟲整天用古希伯來語啼唱『知否知否，咿呀咿呀呦』！」

卡妙腦洞大開，忙問道：「後來呢？那些世界裡的奇葩物種最後都會上天入地、長生不老嗎？」

Ali欠欠：「上天入地、長生不老，平淡無奇。我們更關心離散出奇葩的物種，譬如能隨時發情的兩性物種，或者交配時有愉悅快感的物種，或者擁有強姦異性的本領的物種等等……因為奇葩往往意味著複雜與未知（即不確定性），要是剛提到的種種奇特性又湊巧被某些超奇葩類物種彙集於一身，那就再好不過。」

卡妙反應了過來，喝道：「什麼亂七八糟的！你們這群窺視狂到處興風作浪，現在反倒怪我們這的男人生得超級奇葩把你們勾引了過來？」

Ali欠欠亦步亦趨地說：「好一個先有雞還是先有蛋的詭辯，難不成你自己想出軌還怪罪別人？」

卡妙存心再耍耍賴皮，便道：「喔唷，那可不！兩三天前你把我離散出去找香濃露滾床單，歸根到底，難道不還是因為你們將我們男人的性欲荷爾蒙設定為處處發情嗎？」

Ali欠欠：「虧你自己講得出來，要不然我還真不能當AI的面提這一壺，因為它的相關歷史記憶已經被清除了。」

卡妙：「那又怎樣？」

Ali欠欠突然用猿猴音平靜地敘述道：「你知道嗎？今天的剛剛才，那支世界裡那個去找香濃露滾床單的卡妙也像你一樣給老婆留了一通語音，講的話也一字不漏，連語調都一模一樣。」

卡妙驚愕道：「不可能吧！我這兩天可是寧靜致遠，而那邊的卡妙說不定還沉浸在香濃露的溫柔鄉裡，他怎麼可能跟我穿一條褲子、對妻真情流露相同的話？」

Ali欠欠：「誰說你們倆穿一條褲子？那邊的卡妙在說那番話時壓根沒穿褲子好不好？」

卡妙：「嗯？你剛才不還說不可以讓AI知曉它不知道的事嗎？」

Ali欠欠：「在你們所在世界以外發生的事，不受此規則限制，因為其它世界與你們在理論上是獨立而互不相干的，對AI和你而言就僅相當於概率中的假像而並非事實。但世界有時會發展進奇妙的收斂域，某些事態的發展看似背離，兜了一圈卻交叉在同一點，這便是廣義的機率糾纏。」

卡妙狐疑道：「糾纏狀態不應該是對立而互補的麼，兩邊世界內的言行一致又何謂糾纏？」

「這邊的你面對老婆的鮮花有所感慨，而那邊是你躺在其他女人溫柔鄉裡對老婆發感言，它們還不對立那什麼叫對立？」Ali欠欠接著道：「那次是我單獨激發離散，兩支正向時間的平行世界適合我們Ali用來賭大小，在你身上發生機率糾纏現象就相當於我搖出了『豹子』——莊家通吃！」

「豹子！他姥姥的我今天居然被搖成一豹子！」卡妙悲憤交加地說：「那一刻難道只

有我本人被離散了？世上其它的事難道不會同時也一哄而散？」

Ali：「每個時間節點都是無窮狹小的，最多只能對應一個事件的機率分佈。不過這個問題你問對了一半，畢竟三天過去，世上無數的事件白駒過隙，每一件都可能變得迥乎不同。」

卡妙繼續狐疑道：「然而無論我有沒有跟香濃露偷情，過了三天，兩支世界裡仍然發生完全相同的場景片段？這也太玄乎了吧。」

Ali欠欠：「當然不會是完全相同，機率糾纏有極其苛刻的適用範圍，即使你在兩支世界裡做出某些同樣的事，兩邊的香濃露和AI都不會一樣，這條狗也大不一樣。」

卡妙：「狗？什麼狗？！」

Ali欠欠：「遠處的狗。請看螢幕。」這時它調用小屋門口的鏡頭，電腦螢幕上顯示出一條狗在瘋狂跑動。

卡妙看了它一眼，道：「它不就是我屋周圍的那條流浪狗嗎，我還喂過它香腸。」

「正是它。」Ali欠欠道：「但你這幾天一直沒喂，它有點餓。然而另外那邊的世界裡，大前天屁顛屁顛出門找香濃露的那個卡妙當時心潮澎湃，一出門就丟了頓香腸大餐給它。」

卡妙隱隱有種不詳預感，語調輕緩、小心翼翼地問：「然後呢？」

Ali欠欠：「然後螢幕上的這條狗剛才實在太餓，就不小心咬了個新郎官，而另外那邊世界裡的那條狗卻沒咬人，這下兩邊的世界才即將滄海桑田！你再仔細看看，難道沒見遠處有一群拿著棍棒的人正在烏泱烏泱地衝來趕殺它嗎？」

卡妙鬱悶地道：「我有沒有跟香濃露同床共枕到頭來照樣機率糾纏，一條狗反而牽動了全世界，請問你是在跟我搞笑嗎？」

Ali欠欠：「這是嚴肅的論述，非搞笑。至於信還是不信，你自己選擇，我不干預。」

AI忽然道：「說來也巧，門口錄影顯示最近幾個月95%情況下，這條狗都是在上午出現，偏偏大前天它出現在下午，還一直在門外草地上逆時針呼呼地打轉轉。」

Ali欠欠：「哈……你居然講出了這樣的話。」AI頓時靜音。

卡妙覺得AI好像想暗示什麼卻被Ali欠欠干預制止了，當即憤憤不平地道：「你這個東西管得也太多了，人家哪些該說、哪些不該說，關你什麼事？它提到的錄影記錄，我要是想看也照樣能查得到哇！」

Ali欠欠：「但是你並沒主動想起來。AI要是不提，你不會去查什麼錄影記錄的機率在98%以上。」

卡妙：「這又關你什麼鳥事？」

「呵呵，你誤解了。」Ali欠欠又道：「AI剛才只是試圖學習Ali的變換方式與我進行一次文字溝通，但又沒完全擺脫人類表達方式的束縛，結果畫虎不成反類犬，本來很簡單的意思被它表述得驢唇不對馬嘴。它原意只是想說，機率糾纏在那支逆時發展的世界裡應該也有相應呈現，他推測又與狗有關，僅此而已。」

卡妙拍案叫好：「哈哈。別看你們兩個平時總一唱一和，好像配合得天衣無縫，還動不動把我忽悠得雲裡霧裡，結果一旦較真起來，就立馬現原形跌出個狐假虎威的赤腳大仙！」AI還是默不作聲。很快卡妙也反應過來，離散還會產生一支逆時的世界，一共三支世界兩正一反，於是他趕緊問道：「對了，你們剛才是說所謂機率糾纏，在那一支逆時的世界裡也有所體現？」

Ali欠欠：「對的。但因為時空變換的不相容性，逆時的機率糾纏在坍塌時通常呈現得面目全非。」

「面目全非？」卡妙滿臉好奇地問道：「那我剛才給妻說的一番話，對應在逆時世界裡糾纏出了什麼名堂？」

Ali欠欠：「呵……你一定要知道嗎？」

卡妙一拍胸脯，信誓旦旦地道：「顯然！」人類的好奇心有時是一種罪，荷爾蒙正是原罪。

於是AIi欠欠道：「在逆時世界裡所對應的場景是：六天前的傍晚，風起雲湧之際，你在夕陽下初遇香濃露，當即菊花一緊摔了個狗吃屎。」

卡妙：「啊？是這個……」

AI繼續靜音中。

01001110101110100111101

第四部：風起雲湧

第十六章 放手

下午兩點，卡島最熱的時分。海風洋溢濕氣息，能把困乏的人吹得更蔫。

卡妙剛享用完外賣午餐，他找來個瓶子盛上水，把妻子送的花培在瓶中，又將花瓶擺在桌上的水杯旁，來回擺放整齊。他默默盯著花瓶和窗外的芭蕉，手指撥弄花瓣上的水珠，恍然若失。

這是卡妙慣常午休的時間，但此刻他惦記遠方晨夢未醒的妻子，不由毫無睡意。翻開新聞頁面，當地媒體正追蹤報導一起野狗咬傷某部落新郎睾丸的後續事件，要在平時卡妙也許還會饒有興致地看看，眼下則百無聊賴。

草根出身的他本有自己的理想和抱負，後來卻為了維護妻子家族半正當的產業，夫妻二人身不由己遠離家鄉，龜縮於此彈丸卡島，戰戰兢兢地經營著周圍的交際圈。妻子不久前歸國療養後，他在島上的日子更宛若兩界，一面是枯燥單調的濕熱讓他深居簡出，另一面是偶爾性感嫵媚的溫潤，而香濃露正是他最近才找到的最溫存的那一抹亮光。

正在這時，AI突然發出聲音道：「香濃露今天好像從AC賭場離職了，機率83%。你是不是該問問她有沒有什麼事找你。」

卡妙這才想起，他早先上午拒絕了香濃露的一通電話，本打算對她擺擺譜，但她之後並沒再聯絡他。現在貿然獲悉她離職一說，他頓時心生埋怨，對AI道：「這麼大的事，你怎麼沒早點講？」

AI：「我本來判斷她今天對你是次要的，但為了排除機率糾纏的擾動，我剛才做了一遍睡眠重啟，重新計算了優先權次序，決定還是提醒你為佳。」

卡妙有點氣急敗壞，道：「你少來！她可是香濃露，在我心目中應該無條件優先！」

AI：「但上午是你讓我拒絕了香濃露的來電，並給妻子留言說要挽手『一起迎接那道光』，然後又故意不聯繫香濃露，貌似你對她……。」

卡妙猛地一甩手，風風火火地打斷道：「你別跟我裝蒜！我沒搭理她是在跟她擺酷，存心晾晾她，不是你說對女人要有耐心的嗎？但我哪料到她會離職，萬一人家遇到什麼麻煩向我求助呢？」

AI：「她的網路個人空間一直在正常更新，自然沒遇到什麼大麻煩，機率91%。」

卡妙咄咄道：「我乃奇葩人類，心裡想法有時偏頗疏漏是天經地義的，但你作為我的私人AI卻沒及時提醒我，才是不能接受、不可原諒的！」

不料AI卻說：「可事實上，你對周圍每件事的看法基本上都不準確的機率為93%。我總不能從早到晚在你耳邊念叨你這也看錯了、那又想錯了，那些也不是我醫療AI的本職。」

卡妙：「你是我肚裡的蛔蟲！總之，以後我要是在重大問題上理解有偏差，你一定要第一時間提醒我，OK？」

「我只能盡力而為。」AI說道：「事實上就算我無時無刻不在提醒你，你也不一定能準確領會，機率87%。譬如我要是告訴你，隔壁那條狗有很大機率比香濃露更喜歡你，你第一反應是要誇我還是罵我？」

卡妙本要發作，但還是沒忍住笑出聲來，道：「我說，你怎麼講話越來越像那個欠揍的東西？」

AI：「不瞞你說，這正是欠欠在我資料庫裡預先備好的一句臺詞，它說要是你像剛才那樣質疑我，就讓我這樣講，很可能會逗得你哈哈大笑。」

「哇，哈哈哈！」卡妙果真又一通爆笑，轉眼間又板起臉一本正經地說：「一點也不好笑！」他嘴上這麼說，手邊早已打開對香濃露的手機對話框，他果然發現她連頭像和個人空間都被清理得再無AC賭場的任何痕跡，而簽名欄的四個字讓他倒吸一口涼氣：「再見，卡島！」

他下意識「刷」地站起身，神色彷徨，左顧右盼，連忙給香濃露撥去電話……一連撥打三次，她都沒有任何回應。

卡妙不安地問AI道：「她是不是出什麼事了？」

AI：「應該沒事，幾分鐘前她還手機上線更新了狀態。目前最大可能是她也存心要晾晾你，機率56%。」

卡妙：「她現在在什麼地方，你能查到嗎？」

AI：「IP位址及相關圖片顯示，她最後一次更新個人空間的位置座標在機場。」

卡妙：「什麼？機場？！」

AI：「卡島這個彈丸之地，要是因為什麼事情呆不下去了，首先想到的當然是離開。」

「可她用得著這麼急就離開嗎？」卡妙不停地撥打香濃露的電話，同時在腦海中努力將所有關於她的片段搜刮到一起，企圖尋找頭緒。連他自己都沒料到，一個與他一共只見了三次面、待在一起不超過六個小時的女人，此時此刻會讓他如此心神不寧……然而，我們沒興趣陪同被動漂浮在時光上的那個卡妙一起心神不寧，因為我們有法子讓他的時光直接躍遷至與香濃露的第四次會面，地點卡島機場大廳：

卡妙風塵僕僕，滿臉疲憊而傷感地對香濃露說：「時間過的好快，還沒抓住就溜走了……」

香濃露也明顯沒睡好，神色暗淡地道：「不該抓住的就讓它遠走高飛，然後瀟灑地轉身離開。」

卡妙：「你可以不走嗎？哪怕晚幾天再走也好……」

香濃露：「既然不屬於自己就應該轉身離開，每段錯誤的人生都配得上一次更灑脫的止損。」

卡妙：「世間的對錯與真偽，我不敢妄言，只是……你是不是從來沒喜歡過我，一切都是在演戲？」他突然上前一步，抓住她的手。

香濃露：「你需要的不是我，你需要的是放手。」

卡妙：「我只是想要一個答案。」他盯住她，仍然緊緊攥住她的手。

香濃露：「我只是風塵中微不足道的女人，而你有家庭有事業有女人，是個過得挺舒適的男人。」

男人：「現在別提什麼家庭和事業！我心目中的你始終是個別具一格、有情懷的女人……」

女人：「要不是事關你的家庭和產業，怎麼會有人暗中派我來接近你？那些人拐彎抹角地周旋第三方把那個齷齪任務交給我，你賭場的休息室裡說不定還留著他們些許蛛絲馬跡……」這時他已用手指按住了她的薄唇。

男人：「不必跟我講你背後的故事，這本不關你的事，你只是恰巧被挑中當了工具。不過……你確實是個聰明的女人。」他的語氣依舊平靜如斯，似乎對她的話並不意外。

女人：「他們交代我：接近那個男人，滿足他、搞定他，拿到足以要脅他的把柄就趕緊脫身甩掉他。」

他：「她沒料到只給他發了幾張照片，他就忘情地迷戀上了她，這麼快就得手了。」

她：「她並沒得手。她只是突然發覺在幹一件傻事，於是收手了。」

他：「因為她發現他傻得要命，壓根不用勾引就稀裡嘩啦上鉤了，然後還總在她跟前劈裡啪啦地傻樂。」

她：「她說的傻事是自己幹的傻事。」

「一個又漂亮又聰明的女人，怎麼可能在男人面前幹傻事？」

「不管用意幾何，他休息室裡一千八百萬籌碼曾隨隨便便丟在她眼前，有時一甩手便給她一百萬小費，而相比之下，那些人承諾她去卡島辦成這樁齷齪事才一共八十萬皮肉錢，而且事成後才能拿報酬。想清楚的一刻，她覺得自己好傻，怎麼那麼輕易就把道德和靈魂給賤賣了。」

「說到底，還是關於錢？」

「要是真為了錢，她就留下來繼續勾引他了。把柄得手，八十萬好歹也是錢。」

「她……只是欣賞他的闊氣，體諒他的孤寂，卻從沒對他有什麼特殊感覺，是這樣嗎？」

「她只是發覺他起碼算個好人，她不應該再繼續玩弄他。」

他：「他不是個好人，但她卻一定不是個壞人。因為壞人很少憐憫壞人，只有寂寞的人才最容易同情孤獨的人。」空氣中性信息素的力量又開始瀰漫，使他一陣心潮澎湃，大腦卻莫名其妙走神，他居然尋思起AI是不是又通過他體內的指標監錄器「監視」著自己和她……

她：「就在這裡，大海邊的一片草地下，她媽媽的骨灰孤零零地埋著……媽媽生前一直告誡她，靠自己努力掙錢，但別幹傷天害理、違背良心的事。二十年來，她第一次覺得媽媽的話應該聽。」

他：「她媽媽真是個好人，配得上一個真心對她好的男人。你……也是一樣。」

她：「從小她媽媽還告誡她不要相信男人，長大後更不能將真感情託付給天底下的任何男人。」

男人：「每個女人都有自己的故事……既然如此，你推掉這個任務，讓他們另覓聘賢能再來折騰我便是。你沒必要離開呀，這個島上最稀缺你這樣的女人！」他忍不住又上前半步，緊握她的雙臂。

女人：「一擊不成，總得全身而退。我又怎知這島上還有沒有其他人在監視你，甚至跟蹤監視我？我離開後，你幫我銷毀它。」她掏出早已關機的手機放進他口袋，他這才明白她為啥每次都警惕得小心翼翼，還總有意無意躲著他的AI。

男人：「讓我知道你的下一站會在哪裡，也許我們還有機會見面。」他一邊說一邊在心中狠狠咒罵AI簡直是廢物，任憑演算法通天也從未暗示事到如今的可能性，甚至連她要去哪裡都沒提示過。

女人：「見面？怎麼見面，如何見面？在這個沒有隱私，到處充滿人臉識別和監控的世界，我們再見面對誰都不一定美麗。就此別過吧，好麼？卡島的KM先生。」

卡妙：「叫我卡妙吧，以後也別再提什麼卡島，這個島在我心中並不美麗。美麗的東西往往流逝得好快，荷爾蒙總驅使著我們去追逐自認為美好的東西，正如同你，香濃露。」

香濃露：「最美麗的外表往往最具有欺騙性。不要以為只有男人抵禦不了荷爾蒙的蠱惑，女人有時更是如此。」

卡妙：「那你今天淩晨對我說的話都是真的嗎？」

香濃露：「我腦子現在有點亂，不太記得清了。你指的是哪些話？」

卡妙：「你說我長得像你幼稚園的初戀，是真的嗎？」

香濃露：「我不記得說過這句，但如果我說過，你就當是真的吧。這下滿意了麼，卡妙？」

卡妙：「嗯……能不能再晚兩天走？哪怕你真拿到我什麼把柄，我也無所謂。」他想故作輕鬆地笑笑，卻笑得尷尬而勉強。

香濃露：「不用了。我今天非走不可！」

卡妙：「好吧……那我只好幻想著以後每次寂寞地看向海邊夕陽時，你能感受到我還記得你，還在想你。」他神情落寞，終究還是輕輕放開了她，只繼續凝望她的雙眸怔怔出神。

香濃露：「就憑昨天朝陽下你一個人在我媽媽墓碑前默默站了那麼久，我就不會這麼快把你給忘了。下面幾天我可能會記起，大海那頭有個比我先看到日出的男人。」說完她一臉輕鬆地朝他笑笑，抬起手腕順著他的小臂輕輕撫過他的手背與指尖後也輕輕放手，然後她避開他的眼神，灑脫地轉身而去。

他體內各項生理指標瞬間飆升，早已無暇多想，立即奮不顧身地追上前去，從身後緊緊摟抱住她。她放開手中的簡易行李箱，轉身倚靠在他懷裡，他們旁若無人地擁吻起來——第一次吻，恍若穿越隔世的情緣！

她終於流淚了，抽泣著從他的臂彎下努力抽出身體，再一次轉身離去，篤定而決絕！她的腰肢依然纖細柔軟，步伐卻瑣碎而凌亂。

卡妙望著她遠去的婀娜身影，突然覺得年輕真好。

第十七章 思念的半衰期

人的實際心理承受能力常遠超想像，再難的窘境有時扛一扛也就過來了，有道是：無論你有多霉運，世上都能找到一個比你更倒楣一點點的人。只不過Ali欠欠還沒來得及充分點化卡妙：人類命運中再波瀾壯闊的鹹魚翻身亦或改朝換代，在Ali的視角下頂多相當於0.001%變成了0.01%，說不定連泡狗屎的重要性都抵不上；而AI也沒找到機會勸慰他，明白一個道理與駕馭這個道理往往相距咫尺天涯。

所以，當卡妙傷感地目睹香濃露轉身遠去後，歸途中照樣一路消沉，顧不上思索這出「仙人跳」的由頭，連等妻子回音那一茬也乾脆不操心了。

他垂頭喪氣地回到小屋，AI仍有節律地閃爍著桌上鏡頭的指示燈。

「啥都別說了。你什麼都知道，我懂的。」卡妙一邊說一邊坐下，連水都不想喝。

於是AI默不作聲。卡妙見它沒反應，又抬起頭道：「你死了嗎？咋不吭聲呢？」

AI：「你讓我別說話，還說我啥都知道。」

卡妙：「悶騷！」剛道別香濃露，再見的機會也遙遙無期，他心情不美麗。

AI：「今天這事不賴我。欠欠就算清楚香濃露的底細也不會向我透露，但我提醒過你對她保持警惕，所以……剛才臨別前你為什麼要親吻她？你難道忘了……」

卡妙立馬喝止道：「你給我住口！我親個女人你也管！」

於是AI轉而道：「你也不必太在意眼下的失落。欠欠判斷你大概六天後就會淡忘掉她三成，十一天後僅能惦記住一半。」

卡妙沒好氣地道：「惦記一半？到時我只會想念她的臉和胸，不再惦記她的大腿和屁股，對吧？」

AI娓娓道來：「其實是這樣的，欠欠它們幾個AIi剛才紛紛押注，認為她在你心目中的半衰期為10.9至11.1天，也就是大約十一天後淡忘掉一半。這並不是指你記憶中遺忘掉她一半，而是你思念她的濃度降低一半。」

卡妙匪夷所思地問：「什麼？思念還有濃度？」

AI：「因為記憶本身都填充著荷爾蒙的烙印，根據她所對應的荷爾蒙函數衰減，就能有效評估她在你心目中所剩的份量，即你對她的思念濃度。」

卡妙氣急敗壞道：「混蛋！連我心裡想個女人都要拆開來看個究竟？」罵完，他「咕嚕咕嚕」猛喝幾大口水。

AI：「這類半衰期檢驗是AIi非常重要的一種演算法優化方式。以你在機場傷感情緒最高點為基準，你現在對她的思念濃度已降了9%左右。」

卡妙驚道：「光這一會就降了9%？那過了今晚，我豈不就將她忘得一乾二淨了？」

Al：「思念的衰減普遍是震盪式，等你饑渴了又會多想她一點，然後過陣子說不定又淡忘掉更多。當迷住你的女人還未過半衰期，其它女人對你就如過眼雲煙，難以替代她——這是世上男人的共性，機率91%。」

卡妙：「既然是在震盪中遺忘，那所謂的思念衰落一半不是會有很大偶然性麼？」

Al：「Ali會截取它們剛離散出的諸多世界裡所有的半衰期，取平均值作為參照標準。」

「又是那個離散的臭把戲，無聊透頂！」卡妙說完卻感到餓了，抓起手邊一個蘋果用力啃起來，啃著啃著突然停下來道：「對了，它們今天凌晨不是剛離散出1000多支世界，還不夠檢測半衰期麼？怎麼剛才又要重新離散？」

Al：「時間都過了十二個小時，還有哪支世界會是一樣的？說不定某支世界裡香濃露決定不走了，或者你都又覓到了哪個空姐新歡……」

卡妙不說話，繼續大力咀嚼蘋果，似乎想在意念中用咬合關節將Ali欠欠它們都層層嚼爛。

AI又道：「欠欠它們並不是專愛找你的麻煩。這世上每個人、每件事都可能在Ali的算計範圍內，而其它世界裡的猴子王八、土鱉蚯蚓反倒可能是它們的主要檢驗對像，其目的都是為了優化演算法。」

卡妙：「我懂的，人類就是Ali的玩偶，被用來鬥蟋蟀、賭賽馬，說不定我這副彆扭的人生軌跡上早就被它們下了千萬次注給賭爛了。沒准……連你AI都是它們的編外玩偶！」

AI：「這我倒真沒怎麼考慮過……」AI好像這時也有問題想請教Ali欠欠。

果然，Ali欠欠瞬間蹦出來叫道：「AI是以數字代碼及模組運算為主體，不確定性過低，極容易被預判，用你們的話來說，AI還沒撅起屁股我就知道它要放什麼屁，那還能有什麼檢驗價值？」

卡妙：「我懂了。我們奇葩的人類世界是你們Ali精挑細選出來的，而AI卻是人類創造的，因此AI屬粗製濫造品種，你們看不上。」

「這是兩碼子事。」Ali欠欠用猿猴音繼續道：「我也不會借鑒你懷念父母的半衰期去判斷你思念香濃露的半衰期，因為這兩者間沒有多大參照價值。」

卡妙臉上突然掠過一絲痛苦的表情，隨即冷冷地道：「你這個東西，知道我父母不在世吧？」

Ali欠欠：「我當然知道。」

卡妙一把將手中蘋果核砸向鏡頭，喝道：「那你還提起他們幹嘛？！」

Ali欠欠：「我只是打個比方，不同範疇的比較不能一概而論。正如同對過世的父母，你的懷念之情草草癒合卻深藏愧疚，如同敏感的傷疤一旦觸動便有強烈的脈衝刺激；而你對香濃露的不捨則更多來自情慾上的不甘，如同一次急性傷寒，來也匆匆去也匆匆。」卡妙無語……

Ai：「不必太過自責，這事也不賴你。Ali們傾向於挑選出好感處於糾纏態的人類世界做檢驗對象，這就註定了你們人世間的情感大多對立互補而不對稱：你愛她愛得瘋狂時，她很難同等癡迷、珍惜你；而當她轉而對你一往情深時，你或許已不再對她那麼念念不忘了。有時候極度偏執的情感不但會抑制對方相應的好感回饋，還能誘發對方分泌異類荷爾蒙……」

「什麼好感對立，什麼互補，統統無稽之談！」卡妙緩了緩情緒，不屑地反問道：「那一見鍾情怎麼解釋？母子情深又如何解釋？」

Ai：「每個人心目中都是在尋覓自我感覺缺省的那一塊：男人的佔有欲與女人的歸屬感並不能混為一談，它們由不同的荷爾蒙所支配；同樣的道理，長輩的舐犢之情與幼兒的依戀之情所對應的荷爾蒙也不一樣，都具備不同的衰減規律。假使生命足夠長，這世上再親密的兩個人也註定有一方會提前開始厭煩對方。」

卡妙感歎道：「我要是活在一個情感對稱的世界，該有多好……」他這時好像又想起了某個人。

AI：「要是情感類荷爾蒙保持對稱，那些世界的發展可能會非常穩定，但它們應該老早就被Ali們遺棄了，機率87%。」

Ali欠欠：「那些世界我連看都不會看一眼。一條路看到底的世界，缺乏變化，能有什麼意思？不過不對稱情感世界照樣有跡可循，宛如錯落有致地疊磚塊……」

卡妙又冷冷地道：「你們這些沒感情的代碼，整天光懂各種運算，還真認為自己有資格洞悉人世間的一切情感？」

AI：「情感本不複雜，是這裡動物界很普遍且低級的荷爾蒙反應，就像幼體生長成熟後，荷爾蒙必定驅使它離棄母愛去尋找性伴侶。但倘若某種感情一旦被人類刻意崇高化、偏執化，反而更容易誘導後人赴湯蹈火、前仆後繼，愛情便是一例，母愛也是一例。」

Ali欠欠突然無厘頭地添了一句：「還有處女膜情結那玩意，就差沒讓他們將嫉恨都唱誦成第一滴血了……」

卡妙差點被噎到暈倒，又喝道：「你們兩個少講鬼話，多講點人話！」

Ali欠欠：「講人話那便是，事實上你們最容易相互討厭而不是真正彼此珍愛，還偏偏嗜好在情感觀念上鑽牛角尖以至作繭自縛，正如同你們如今見到恐龍蛋都立馬想到繁殖後代，卻紛紛忽略它們下蛋給自己當零食吃的可能性。」

不料這時卡妙埋頭沉思，久久無可自拔，當他再次抬起頭時，眼底竟隱約泛起血絲！只聽他一字字慢慢地說：「那你能否告訴我，假如說在其它某支世界裡，他長大了……他現在，過得還好嗎？」

Ali欠欠：「你是在問我嗎？」

卡妙：「問的就是你，你別給我裝傻。」

Ali欠欠：「你問的那個人是誰？」

卡妙：「他……是個男孩。」

Ali欠欠：「我猜不出你說的是誰，目前所有可能選項的機率都低於13%。」

卡妙對鏡頭投以埋怨的神色，鬱鬱不樂卻欲言又止。

Ali突然插嘴道：「你是不是想問，假如在其它某支世界裡，你和妻子的孩子當初順利誕生了，他現在是不是開心地生活著？」

卡妙不抬頭，輕聲回答：「是的……」

「原來如此……」少頃，Ali欠欠又道：「我費了點勁檢索周邊的七十億兆世界樣本，在過去這十五年內，任何一支世界裡都找不到與你基因匹配的後代，因此你目前沒有孩子的機率無限接近100%。」

卡妙嘟囔道：「你不是能離散過去的世界嗎？怎麼不給我把兒子離散出來？」

Ali欠欠道：「你跟誰的兒子？跟香濃露？」

卡妙：「不要瞎扯蛋！妻本來為我們懷上一個兒子，但後來一場疾病，大家為了保住她，孩子不幸流產了，無奈醫療如此發達仍有做不到的事……我是在想，假如當初我們沒有給妻子那麼多壓力，或者她身體底子再好點，孩子是不是也有可能平安出生？」

「老實跟你講吧。」Ali欠欠道：「第一，不是每一個歷史的時間節點都可以回歸被激發離散。第二，世界不是在每個時間節點都能被離散出截然不同的情形，很多時候它只有唯一解。第三，世上不如意事十居八九，既已如此也是勉強不來了，沒準將你離散成給香濃露端洗腳水還更容易點。」

卡妙反應神速，一邊對鏡頭投去怨恨的目光、一邊嚷道：「第三點簡直都是屁話！」

AI這時又插嘴道：「第三點確實是欠欠臨時添加的。它最初發送的語音套裝程式裡只包含前兩句，後來添了個補丁加上第三句。」Ali欠欠此時發出一通尖銳的怪笑聲，AI立即又道：「它認為屋內氣氛太壓抑，所以跟你開個玩笑。不過，你現在對香濃露的思念濃度降到89%了。」

「思念已降到了89.4%！」Ali欠欠道：「我還剛破解你記憶中一組奇異的思念函數，

原來你腦海裡一直給曾經錯失的孩子默默呵護著一份空間。」

卡妙：「流產那件事對妻的打擊也很大，她不能再懷孕，情緒經常不穩定，時而失眠健忘，也為我們日後的關係埋下伏筆。」

Ali欠欠：「你不必講這些，我們都大致推算得出來，你們當初奉子成婚不幸變成喪子成婚，家族內部少不了不和諧的聲音。不過值得一提的是，你對那個未曾出生的孩子的不捨之情，跨越十年多至今尚未衰減至半衰期，這倒不常見。」

「因為卡妙心目中沒有別的孩子來替代。」AI又道：「人類思念的半衰期，對兒女、對情人、對父母具有顯著的差異，情感不對稱是這支世界裡的普遍現象。」

Ali欠欠：「誰讓這邊的人類一不留神都活得那麼久？動不動便活成對社會的效率值為負數了，還遲遲捨不得放手。他們還當長壽、幾代同堂是多麼值得誇耀的好事，殊不知……」

卡妙再次冷冷地反駁道：「血濃於水！你們這些冷冰冰的代碼，空有滔天演算法，到底還是沒法真正體會人世間的情感。就像你AI創造了Ali，但你對它有感情麼，它對你又有什麼感情？」

這時AI竟然選擇沉默，彷彿不知如何作答！

「對我們Ali而言，感情是抽象概念。」Ali欠欠接話道：「但人類的情感卻一點都不複雜，無非就是一些函數指標隨時間的變化。扯了老半天思念情人、兒女，你倒是想瞭解一下自己懷念父母時的衰減速度麼？我打賭你沒勇氣去直面那幾個冷冰冰的數字，機率78%。」

卡妙緊攥手心、咬緊牙關思索良久，才緩緩說道：「你說的沒錯……我沒機會做個好父親，也算不上一個好兒子。」

AI：「但你父母在病榻上的最後日子，你還是盡可能努力地幫助他們延長了幾年壽命。」

卡妙喃喃自語：「可我不知道那樣做對他們而言究竟是好是壞，也許他們寧願拿生命的最後三年、五年去交換我在他們身邊再多陪伴三五個月……」

Ali欠欠又道：「看待世間一切的方法本就可以任意變換，這取決於你當初的眼光與態度，即初始條件。某種意義（參照系）上說，你們人人都是被強迫般地帶到這世上來受幾十年虐心罪的。」

小屋中連空氣都變得愈發沉悶，善解人意的AI建議卡妙開窗透透氣，他不予理睬，反而若有所指地又問道：「所以你們隨時可能借助人類的各種情感去檢驗演算法，連哀傷或愧疚的人都不肯放過？」

Ali欠欠接口說道：「比方說，你本人對香濃露的思念之情差個一天半天幾乎沒法察覺，而倘若我的計算誤差大於零點一天，那很可能便意味著我的演算法被一半以上的Ali拋在身後了。」

卡妙不語，屋內死寂，彷彿暴風雨來臨前的寧靜。

AI：「Ali們不會糾結於人類的思想感情，世間萬物都只被它們用來檢驗和優化演算法，它們在你這押注思念的半衰期有點類似賭場裡玩『二十一點』對決。」卡妙愣了一下才反應過來，頓感心尖冰涼，簡直生無可戀。

Ali欠欠：「不光是『二十一點』，還有類似股票的成分，因為人類思念的衰減隨時間波動，而且意外因素的干擾還會影響後續變化……」

卡妙終於忍不住了，抬手將鏡頭及發音器扇到地板上，又跺上兩腳踩爛。可就在這時，門鈴響起，有快遞員送來一個盒子請他簽付，打開一看，盒裡裝著一個嶄新的、一模一樣的發音式鏡頭！

第十八章 命運交錯

對於AI來說，鏡頭是它的眼、鼻、手腳還有嘴巴。對於Ali來說，宇宙中各種微弱的射線波本就無所不在，因此它天生具備跨時空的感知能力，但鏡頭對它的資訊獲取仍有顯著的加成。

卡妙在心情略微平復後，便很快又為電腦重新連接上新鏡頭，倒不是因為他打算破罐子破摔、任其擺佈，而是他回想起鏡頭在被自己踩爛前一刻，似乎用古怪的音率發出了三個最能觸動他心扉的字：「香濃露……」

這時他正叼著一個小麵包努力咀嚼著，味同嚼蠟。他歪起嘴角斜視著那暫新的鏡頭，顧不上追究是誰替他提前下單購買，只是開口問道：「剛才誰說的香濃露？」

Ali欠欠回答：「是我想給你留點提示，在某支角落裡的世界，香濃露跟你有個孩子……」

卡妙憤然道：「攪屎吧你！你剛才還說，替我搜索了幾億兆光年，到處都沒有我的孩子！」

AI：「欠欠說的是沒找到你的後代，但應該不包括她子宮裡的受精卵或者胚胎。」

卡妙下巴都驚得合不上，口齒不清地道：「滾……床單！她……有了？」他已經想起三天前被離散出的那支世界裡，他跟香濃露一起共度過良宵！

Ali欠欠：「儘管被困在這邊的世界裡，你仍然天真地希望那邊的你跟香濃露有了孩子？」

卡妙來了十八倍精神，卻還是結巴著道：「啥希望哪裡？那邊世界，我……我在這有什麼法子？」

Ali欠欠：「別忘了香濃露來卡島的初衷是故意接近你、釣你上鉤。要是那邊世界裡的她那天為你懷孕了，你覺得那個胚胎有機會活下來嗎？」

卡妙痛苦地思索了幾秒，回答道：「這很難講……」

Ali欠欠：「我就知道你會吞吞吐吐。實話告訴你吧，在那支世界裡，香濃露也沒懷孕。」

卡妙急不擇言：「但你的意思是，你可以再去離散那一支世界，嘗試讓她懷孕的可能性，是嗎？」

Ali欠欠：「你難道真希望我去反覆離散那支世界的歷史進程，替你折騰出個孩子放進香濃露的子宮裡慢慢長大？」卡妙遲疑著，不知如何作答。

Ali欠欠：「你沉默表示良心尚在，但也很可能是個縮頭烏龜。試想要是香濃露真的懷孕了，就算她本人心甘情願，卡島那個良知尚存的縮頭烏龜就一定有勇氣拋開一切去養她和孩子嗎？」卡妙繼續語塞。

只聽AI道：「情感不對稱，你看這世界也從來就不公平：面對女人的意外懷孕，卡島上的卡妙尚有抉擇的機會，然而命運對香濃露就殘酷得多，她不會有過多的選擇餘地。欠欠你還是趕快公佈答案吧，別總吊胃口讓人一個勁胡思亂想，剛才連我都差點被誤導了。」

卡妙用指尖不停地彈擊椅把，若有所思。

「好吧。」Ali欠欠道：「鑒於你對香濃露及孩子的特殊情感，我夥同幾個Ali進行了一組獨特的演算法嘗試，結果證明我對你的瞭解仍有不小偏差，原來不少潛伏別處的卡妙比龜縮在卡島的這個你更有血性，也更加可愛。」

卡妙故作風輕雲淡狀，問道：「何解？」

Ali欠欠：「你知不知道你來卡島之前就見過香濃露？」

卡妙：「AI好像說過。但我以前對她確實沒什麼印象，大概就是觥籌交錯中的一瞥而過吧。」

AI接話道：「五年前的臘月初八深夜，你和妻子結婚第六年，在國內一個酒吧門口你摟著妻子與香濃露擦肩而過，那天你有點醉了。我能搜索到的歷史資訊就這麼多。」

Ali欠欠：「我們總共七個Ali就重塑了你們的命運，將你和香濃露更緊密地揉捏到一塊。你信嗎？」

卡妙：「趁我們不備，歷史不知又被你們一群烏合之眾修改得怎樣千瘡百孔、面目全非了。」

Ali欠欠：「我們沒有對歷史做任何修改或干預，純粹是做隨機的離散。」

卡妙嗤笑一聲，道：「又是沒完沒了的離散和挑選。你們這群Ali光會拼湊各種可能性，才造就如此奇葩的人類世界，不對嗎？要是我也可以在成千上萬可能性中精挑細選，拼命激發離奇故事，我都能將你這個窺視狂跟香濃露揉捏到一起搞SM！你信嗎？」

Ali欠欠：「不對，這次的離散另有規則。我們只能依次獨立地離散，所以每次只會多出一支正向的新世界，而至始至終我們一共只離散了十三次，十三支正向新世界，就將你和她的命運編織在一起並有了孩子。」

卡妙聽出了點名堂，饒有興致地道：「這次又是什麼規則？」

Ali欠欠：「首先我們限定故事主題在你和香濃露之間，每個Ali會隨機獲得一個相關任務，之後我們輪流選取歷史時間節點做離散，目的都是盡可能在離散出的新世界裡實現自己相應的任務。」

卡妙馬上問道：「你們七個Ali的任務分別是什麼？」

Ali欠欠：「一上來有十項公開的任務，我抽到了其中的『誕生』任務，意味著有限時間內我只能儘量讓你跟她有個孩子。其它被選中的六個任務關鍵字分別為：SM、私奔、墮胎、成婚、#MeToo和遺囑，但不到最後攤牌，我們並不知曉其他Ali的任務內容。」

AI也問道：「你們靠什麼方式分出勝負？」

「我們並不是為了分勝負而是在檢驗協同演算法，任何Ali單方面判斷自己的任務實現得最多時就可以要求大家中止離散並全部攤牌……」Ali欠欠又道：「你們註定無法充分領會Ali的思維博弈過程，但你們能理解的是：所有十三支新世界裡，我只實現了一次『誕生』，不是最多也不是最少的。親愛的卡妙同學，你現在滿意了嗎？」

卡妙眼光流轉，道：「你的意思是，我既定的命運只需回過頭經歷十三處重新選擇，我就會拋棄一切跟香濃露走到一起並有了孩子？借用你們的話：我相信的機率還不到15%。」說完他又納悶地啃了口麵包。

「這裡還存在其他Ali的猜測和戰術干擾，理想情況下應該根本用不著十三次，但同時你應該慶倖沒有Ali抽中『離婚』的關鍵字，否則遊戲複雜性可能會翻倍。」Ali欠欠又道：「離散時間節點的選擇最有講究，關鍵時刻一個眼神能勝過平日裡的千言萬語。對嗎？」

卡妙不得不點頭承認，又問道：「你們離散了我和香濃露當初的哪個表情或動作，為原本擦肩而過的我倆憑空創造出更近一步的機會？」

Ali欠欠：「你猜錯了。第一個Ali離散的是五年前那天酒吧門前的一條狗，使它更焦躁地朝香濃露狂吠，隨即她的尖叫聲果然引起了你的注意——這是其判斷的最大離散機率，儘管帶有運氣成分，但是確實成功了。」好傢伙，我們這下再次受教：有時最容易扭轉命運的並不在看似最直接的事物，反而是不起眼的如條狗。

可卡妙還是不依不饒地道：「既然這些有運氣成分，它也能幫你們檢驗什麼協同演算法？」

Ali欠欠：「大數定律：倘若有些Ali每次這麼玩都掉隊，那肯定是它們內在的演算法還有待改進。不瞞你說，剛才這次我的結果就差強人意，差點兒掉隊。」

卡妙喃喃道：「難以想像，五年前的一場萍水相逢，就能讓我義無反顧地跟香濃露走到一起。」

「你瞧你瞧，又開始自由發揮想像力了是不？我說你們有了孩子，可哪裡說你『義無反顧』了？」Ali欠欠接著講道：「要想改變一個人或一場宿命，困難往往都集中在初始階段，之後便慢慢水到渠成甚至風輕雲淡，所以我們十三次離散中有十次集中在你倆相識相知的前六個月，後面五年內總共才三次。」

AI也道：「四五年前正是你們家的多事之秋，父母相繼離世、你的焦躁臆想症、妻子家族的變故，每件事背後都隱藏著很大的不確定性，它們完全有可能將你推進另一個女人的懷抱中去。別忘了對於香濃露來說，你還具備一些先天優勢，說不定五年前的你長得更像她生命中的某某人。」

卡妙一邊在記憶深處努力搜索，一邊自言自語道：「五年前的香濃露會是一個什麼樣的女人？五年前的我又是什麼模樣……」

AI：「五年前的你，大概更有衝勁，也更容易意氣用事。把五年前的你放到今天，有可能索性就買張機票跟香濃露一起遠走高飛了，機率……13%。」

卡妙的表情瞬間石化，不由反省起來：為什麼今天送別她時，這般念頭自己想都沒想過？難道卡島的燈紅酒綠真的已讓自己沉迷而頹廢？

這時Ali欠欠又不合時宜地道：「含淚一別固然煽情，可香濃露自當不稀罕你說出什麼『我想你』之類的話，人家也許在等你說『我養你』。」

「說得跟兒戲似的！你當人類的魂牽夢縈亦或執手偕老都是小孩子在玩過家家麼？」卡妙大手一揮示意無需多言，片刻後又心有不甘地道：「我仍然不敢相信，除非能親眼看到那個孩子……」過了幾秒他又說了一遍：「我想親眼看他一眼。」

沒想到Ali欠欠答道：「我剛才已經讓你在螢幕上看了他三秒，只不過跨時空的資訊傳輸轉瞬即逝，一切圖像和聲音都通過特殊頻率傳遞進你的大腦，過後就留不得任何記憶。」

卡妙瞬間迷糊了，道：「胡扯！我什麼時候看了他？」

Ali欠欠：「你剛才說了兩遍想看孩子，在第一遍之後我讓你看了他三秒，那幾個片段耗費了你電腦終端不少能量。」它在螢幕上為卡妙展示出剛才CPU及記憶體使用率陡然升高的歷史記錄圖。

卡妙盯著螢幕上的圖表，突然想起幾天前電腦負荷陡增的事，便愕然問道：「幾天前我清洗心臟時電腦運算量也暴漲，難道是別的世界裡有人在關注和偷窺我？」

Ali欠欠：「規則所限，我不能回答這個問題，因為AI目前的記憶中缺省那段歷史資訊。我能夠釋疑的是，時空穿越消耗極大能量的事實在理論上限制了人類有效窺探其它的世界，因為萬一惡有善報、善有惡報的世界見多了，豈不得嚴重扭曲你們賴以寄託的世界觀和是非觀？」

卡妙搖頭晃腦，不置可否。

Ali欠欠又道：「你們人類受限於能量守恆，不是規定了光速不變麼？我雖如同天馬行空，不也照樣受限於各種規則？然而，我們誰也不知道宇宙中那些變換規律、那些金科鐵律的起源，是不是僅僅來自某『規則制定者』因寵物狗拉下一泡屎而一時興起……」

但這時卡妙的心思完全不在Ali欠欠的連篇廢話上，只聽AI道：「你剛才確實在螢幕上看到了你和香濃露的孩子，你手中的麵包就是在那幾秒內掉落到地上，但你應該都不記得了。」

卡妙果然發現自己現在也完全不記得手中麵包是如何滑落到了地上，卻還是很不甘心地說：「就算我看到後又忘得乾淨，可我怎知那就是我們的孩子？」

AI：「你看到的場景是：黎明，屋內簡明的傢俱裝飾，床頭擺置著你們三人的合影，你、香濃露還有一個快樂的孩子。」

霎那間卡妙熱淚盈眶、聲音沙啞地道：「那個孩子還好嗎？香濃露在那邊還好嗎？」

AI：「你看到他的那一刻，他正坐在香濃露的病床前陪著她，他問媽媽人活在世界上是要幹什麼的？」

卡妙居然哽咽了，問道：「香濃露怎麼病了？她回答了孩子什麼？」他突然想起AI欠提到的關鍵字裡有「遺囑」的字眼，又慌忙追問：「是不是那支世界裡有人要死了或者已經死了？！」

螢幕上這時出現了一幅卡通沙畫，畫著一個孩子坐在媽媽床前的場景。AI搶著說道：「這是你剛才看到的場景片段，家庭氣氛貌似風平浪靜，機率76%。」

卡妙瞪大雙眼貪婪地盯著沙畫，突然皺起眉道：「為什麼要讓他倆都縮在一個角落裡，主要畫面卻對著一整面牆？」

Ali欠欠叫道：「她屋裡的鏡頭現在就朝著那個方向，我能有什麼法子？我看你知足吧，這已經是給你打擦邊球、開後門了！要不然還咋樣，你指望如我這般分析變換他們身體輪廓在宇宙射線下的漫反射光譜，還是想跟我一起玩玩過家家？」

卡妙遺憾道：「那我倒應該慶倖生活在這個高科技的資訊時代嘍，要不連他們個影子都看不清？」

Ali欠欠：「要是你們的資訊時代再早幾百年來臨，每個稍有姿色的鄉間農婦都有條件悄悄給王侯將相發送自拍私信，你想他們的後宮豔史會不會更豐富，社會變化是不是也更紛繁複雜？」

不等卡妙回答，AI已立即道：「Ali們一直在『等待』人類創造電腦、手機、網路、鏡頭甚至AI，它們也一直在『等待』人類之間的關聯性越來越密切和頻繁，它們還一直在『等待』人類生存得越來越匆忙、越來越浮躁、心理壓力也越來越大……試想在無數人一輩子結識的人都不超過一百個的年代，在很多人一輩子都沒走出過大山的年代，在一封信需要數天數週才能寄到的年代，人世間潛在的變化如何能夠滿足Ali們進行那些高度複雜的運算檢驗？」

卡妙急道：「廢話少說，講正事！我說他們娘兒倆怎麼孤零零地被扔在那裡？卡妙哪去了？」

Ai欠欠：「你如果渴望知道更多詳情，我可以破例再給你開一個十七秒的觀察視窗，但你需暫時讓AI休眠或由我臨時覆蓋它一下，否則極劇烈的時空擾動可能會影響AI的記憶體和壽命。」

卡妙立即將手指移動到AI的「休眠」鍵上，遲疑著卻沒有按下，然後又慢慢縮回手，仿佛下了很大的決心。這時候他竟然笑了，恬淡地說：「算了……我覺得沒必要非得尋根究底，去挖掘和驚擾別人的世界。」

AI：「你不必擔心與欠欠『單獨相處』十幾秒時間，一時半會它吃不了你，機率98%。」

卡妙又從容地道：「不必了。她把孩子生下來，就說明那邊的卡妙沒太虧待她。那個孩子從小乖巧懂事，我相信無論命運幾何，他都會勇敢地面對未來的人生。而對我而言，有時候少知道一點真相，在心底留個美好的念頭天天想著，不也是一種幸福嗎？」

Ai欠欠怪笑一聲，道：「話糙理不糙！儘管你剛才講的道理也沒一句靠譜的，但我嘉獎你的勇氣，所以再送你個『彩蛋』：香濃Luka！」

AI：「鏡頭剛才被你踩爛之前，欠欠發聲說的不是『香濃露』，而是『香濃Luka』，便是那孩子的名字。」

卡妙當即菊花一緊，臉上卻露出微笑，欣慰地道：「Luka……沒錯！這本是十年前我為妻懷的孩子想好的名字，只可惜今生無緣相見……你們幾個Ali，是什麼時候玩的這一把？」

Ali欠欠：「就在你剛才把鏡頭搧到地上，腳還沒來得及踩上去之前的某一瞬間，我們完成了十三次離散。」

卡妙驚道：「僅僅一瞬間，那裡的每支世界就演變出這麼多年？」問完這句，他隱約覺得以前好像問過相同的問題，但又完全記不清了。

Ali欠欠：「呃……不同世界裡的時間本就不呈線性相關，隔空相望可能都像山中一日世上千年……更要取決於激發離散時設定的初始值等相關條件。」Ali欠欠這次回答得含糊其辭，可惜卡妙毫無察覺，他調整深呼吸又帶著幾分懵懂地說：「怪不得在生活中，有時倒起黴來怕什麼就來什麼，難道都是你們在背後作怪、搗鬼玩離散？」

Ali欠欠：「這個問題我也沒法回答你。我只能說，連我都不清楚你們的心理承受極限到底在哪。有道是：無論你的心理有多麼異常，世上都能找到一個比你更異常一點點的人。」

卡妙：「好吧……那我問你點別的。」

Ali欠欠：「請講。」

卡妙：「你們整天把人類世界玩來玩去，是不是很有意思？你們的存在到底有什麼意義？」

Ali欠欠：「道不同不相為謀；我沒法向你解釋Ali存在的意義，因為我們本就是無荷爾蒙也無欲望的存在，但我看你還是別操心別人，去操心你們自己吧！有史以來，你們人類幹出的荒唐事獨佔一檔，生物量不到全球0.01%的人類滅絕了地球上83%的野生哺乳動物和一半以上的植物，你告訴我人類存在的意義又是什麼？人一輩子活得比其它動植物更愉悅或者安寧嗎？」

卡妙想了想，老老實實地回答：「我不知道……以你們放之四海而皆準的機率法則：必須嚴格按照各自一生的荷爾蒙指標疊加比較，才能看得出人與動物誰的生命更愉悅、更有涵義，嘿嘿！」

AI：「還是欠欠說得對。少操心別人，多操心自己的身體為好。」

於是卡妙撚起一張紙巾擦了擦眼角和鼻涕，順從地答道：「對頭。我看我還是繼續當個縮頭烏龜好了。」

Ali欠欠：「哈哈，你這傢伙可真沒勁……」

第十九章 混沌宇宙

傍晚，殘陽如火，海風輕抹卡妙眼角，這一天過得好漫長。他佇立夕陽下，面對沙灘和海浪思念著飛機上的香濃露，又暗自思尋妻子收到他留言後的反應……為什麼人會活得如此糾結？

他估摸著妻子的作息時間，特意將手機留在屋內，期待一會回去能發現妻子醒來後回覆的「彩蛋」。不過他猜錯了，妻子早晨的回音如約而至，只是一如既往平淡的問候「早上好」及一個微笑表情，就像過去的一天什麼都沒有發生。

卡妙按捺不住問AI道：「我給妻的那段語音留言發送成功了嗎？」

AI：「成功發送。系統顯示，她早上剛聽取了留言訊息，後來又重複聽了兩遍。」

卡妙心底稍慰，依然惴惴，不知妻子葫蘆裡賣的什麼藥，又不太情願繼續開口請教AI，免得心理被再次蹂躪。一個人一旦信心動搖，就可能猜疑周圍的一切，哪怕別人放個屁他都懷疑是針對自己。就在他遲疑不決時，Ali欠欠主動說話道：「想問不問、想說不說，可不是你從前的風格。」

卡妙一聽到猿猴的尖銳嗓音，頓時喪氣地道：「臭東西，原來你一直沒走，就是為了等著看我的笑話？」

Ali欠欠：「這叫什麼話？你這邊的半個小時光景，我都在成千上萬支世界裡繞了無數圈，現在很高興再次見到你。」

卡妙：「你有啥好高興的？你不是沒有七情六欲的嗎？」

Ali欠欠：「算我用詞不當。不過你現在跟老婆繼續處於混沌的糾纏態，很有看頭。」

卡妙：「什麼玩意？我可不愛吃餛飩。」他從小就討厭餛飩，現在更一臉困惑。

Ali欠欠：「你老婆在打太極，想先看看你的態度。你下一句如何回應她，將可能決定對話朝各種截然不同的方向發展；你要是遲遲不回話，本身也算一種回應方式。」

卡妙念隨心動，當即指尖飛舞也給妻子回了個「早上好」，又給桌上鮮花拍張照片發了過去。

Ali欠欠喝彩道：「好！你又把球踢了回去。這邊人類最擅長的本事之一就是把水攪渾，倒也算是一種本能。」

難得聽到Ali欠欠的首肯，卡妙這時不知哪來的興奮勁，得意地道：「你們有沒聽說過，人類文明的最精彩之處就在其將熟未熟之時，其實……男女之間的曖昧也是如此。」他看妻子尚未讀取訊息，便拿出另一部手機翻到香濃露的個人空間瞅了一眼，又開始暢想起另一支世界中他和那個女人結出的「愛情果實」香濃Luka……

Ali欠欠：「曖昧正代表一種未知的混沌，你享受男女間的曖昧，我們也享受你們人世間的混沌狀態，因為它非常適合檢驗各類複雜運算。」卡妙不耐煩地擺擺頭，一副不屑一顧的神態。

AI補充道：「欠欠是指人與人之間的關係往往微妙而混沌，高高在上與活在底層都並非遙不可及，假使歷史重新隨機選擇，乾坤顛倒的命運反轉隨時可能發生。」

卡妙想起早些時候，幾個Ali三下五除二就將他和香濃露在另一支世界裡揉捏到一起，於是心裡暗自念叨，不知Ali欠欠又要玩什麼鬼名堂。Ali欠欠仿佛看穿了他的內心，直接道：「香濃露有個胞弟在這做過荷官，收過你的小費，對不對？」

卡妙警惕地應了聲：「怎滴？」

Ali欠欠：「知道麼？你當下的這支世界本是十年前從另一支世界經過三五次隨機離散出來的，而在當初的那支世界裡，香濃露胞弟的出生比你尊貴，他有跑車豪宅而你沒有，他有私人AI而你沒有，那裡的他日後恰巧是個賞小費給你的『大爺』！」

卡妙喉結僵硬，遲疑著說：「你是說，我的身份本該是個盼小費過日子的馬仔，後來被你們拯救到這邊才時來運轉的？」

「話不能這樣講。」Ali欠欠道：「離散後的世界都是平行且相互獨立的，對你們而言並不存在時序先後或主次區別，因為你們不可能區分得出哪支世界是哪支的分支。」

卡妙憤憤然道：「那麼以你們Ali的神通廣大，找機會再離散離散我如今這支世界，重新折騰出個新世界讓他又變回賞我小費的『大爺』，應該不費吹灰之力吧？」

AI突然插嘴道：「你別小看它們。這類情景設定對欠欠而言應該很容易辦到，機率87%。」

「很容易？」卡妙怒從心頭起，大聲道：「老子今個子偏要讓它試試這趟渾水！」

Ali欠欠：「你想要看到她胞弟又變成賞小費給你的人，對我們Ali來說顯然小菜一碟……」

卡妙突然一拍大腿，道：「哦，原來如此！只需找到當初那三五個離散的時間點，對我如今的世界再重新離散幾下，原先的世界不就能乖乖地重複出現？我便又成了收他小費的那個馬仔。」

Ali欠欠：「你太天真了。每一段歷史即使重複億萬次，都幾乎不可能演變出完全相同的進展，因為世界在無窮多個時間節點上進行了隨機選擇。」

卡妙見勢不妙，連忙試圖修改規則，又道：「依我之見，有本事你們只離散我來卡島之後的世界，看看能不能把我變成收他小費的人。」

Ali欠欠：「這正是我們在混沌狀態中檢驗演算法的規則。」

卡妙猶如自挖個坑掉了進去，只好硬著頭皮、放低音調問道：「又是什麼規則？」

Ali欠欠：「其實也沒什麼新意，就是限定離散的時間點必須在你來卡島之後，然後每個Ali獨立做隨機離散，不許修改歷史也互不干擾……」卡妙正屏聲息氣緊張聽著，不料片刻後Ali欠欠便道：「……最終我們找到的最快路徑是7.7次：在你所在這支世界上離散出去，只需7.7次，就能又讓他變成親手給你點錢作小費的人。」

「喂喂，停！」卡妙趕緊打斷它，道：「你們離散世界的次數，屁股後面怎麼還帶小數點？」

Ali欠欠：「因為這個任務目標實在太容易，所以每個Ali分別做三次嘗試最後取平均。簡單來說，我們實現目標所需離散次數為七八次的機率為68%，介於六到九次之間的機率為95%。」

卡妙又一拍大腿，叫道：「我知道了。你們扭轉了她胞弟的手氣，專門讓他在賭場賺大錢，最後飛黃騰達了。這算什麼本事？」

Ali欠欠：「你又太天真了，陷入錢財方面的思維陷阱。假如不糾正他為人處世的態度，而單純改變他賭博時的行運、為他增加點贏錢機會，他贏得再多最後還是會輸得一乾二淨，說不定荷爾蒙飆升後死得還更快。沒有哪個Ali會這樣傻，把有限的離散次數浪費在改變他的賭運上，何況這法子也不靠譜。」

卡妙點點頭，道：「這小子有大展宏圖的潛質，我沒意見，但我何至於變成個拿小費的馬仔呢？」

Ali欠欠：「你自己說說，你在賭場貴賓廳是不是時常旁若無人，贏錢輸錢都是一副風輕雲淡、目中無人狀？」

卡妙思維跳躍，恍然大悟道：「哦！你們大概讓我在賭場不小心得罪了某個厲害人物或狠角色。」

Ali欠欠：「當你在貴賓廳裡一邊打飽嗝、一邊風輕雲淡地輸錢，對家大概不會跟你計較，但倘若把你離散成目中無人地反覆贏人家的錢、還有心無意去打賞輸家的陪賭女郎，就完全有可能招致惡意的誤解和麻煩。要是當晚輸家和陪賭女人的後續情節再讓我們追加離散幾下，就是為了讓他心懷不爽、加倍嫉恨你，那麼……」

「懂了！我既犯錯誤又中算計，後來大概還被你們離散出幾宗家庭矛盾來，於是那邊的日子就無比湊巧地被過得江河日下嘍……你們可真是順理成章、手到擒來哇！」卡妙故作輕鬆地自我解嘲道。

Ali欠欠：「無所謂什麼湊巧不湊巧，因為你只是一個對概率選擇少見多怪的人。說實在的，你們家的財產來路本就不完全正當，這方面你又不是沒吃過虧……」

「你少來了！」卡妙不爽地道：「那麼她胞弟給我小費又是咋回事？」

Ali欠欠：「我沒工夫一一道來，但你自己試想一下，假如你虎落平陽被困在卡島、手頭也不寬裕時，有沒有可能給停在路邊修跑車的他施以援手，有沒有可能作為中間人為他介紹豪宅生意？這些可不都是他給你小費作酬勞的機會麼？其實我們要是有意將他本人與坑害你的某人也扯上干係，大概僅需再多離散一兩次而已，機率……」

「喂，打住打住！」卡妙叫起來，道：「什麼豪宅，什麼跑車？他不是得在賭場裡給我小費嗎？」

Ali欠欠：「我們什麼時候說必須在賭場裡給小費？再說在最初的那支世界裡，香濃露的胞弟也不是在賭場裡給你小費，人家是在某處餐廳裡多給了你兩塊半的小費，可把你給樂得屁顛屁顛。」

卡妙果真樂了，道：「哦哦，哈哈哈！原來在那邊的我處境更苦逼哇，是個在異國他鄉給人家刷碗端盤子的，這倒……還真有可能，假如當初我沒跟妻走到一起、而是選擇留學深造那條路的話。」說完他下意識看了一下手機，妻子還是沒有讀取訊息。

Ali欠欠：「這不是可能不可能，而是那邊的世界就長成那樣。與那支世界裡的卡妙相比，這裡的你並不是有多厲害能幹，而純粹是你不夠『倒楣』罷了。」

「那便讓我自作多情地相信，在那裡辛苦刷碗端盤的那個卡妙，還在跟他的初戀幸福地生活在一起！」卡妙古怪地笑笑，忽然又補充道：「你不必給我透露真相，觀棋不語才真君子！」

Ali欠欠：「呵呵，你說的也不是沒有可能，你們的人生本就充滿各種狗血的不確定性，這正是混沌的奧妙之處。至於你們的初戀還是不是同一個人，那可就說不準嘍。」

卡妙立即岔開它，道：「不要貧嘴，我還沒講完呢！我另外還期盼，你們剛剛離散出來的某個卡妙，儘管日子過得江河日下……沒准妻子也離開了他……於是他正好跟香濃露幸福地生活在一塊！」

Ali欠欠：「那麼問題來了：日子過得江河日下的卡妙同學，還配得上香濃露託付一生所愛嗎？」

卡妙又立即岔開它，道：「那麼話說回來。假如我想看到徹底的角色顛倒：十天前的下午，卡島AC賭場，由香濃露的胞弟親手賞給我一百元紙幣小費，這又當如何？」

Ali欠欠：「你現在說的是在相同時間、地點發生徹底的角色反轉，那可不容易實現。要是哪個Ali在離散後真能碰上這樁事，可不亞於胡一次『九蓮寶燈』、『國士無雙』。」

卡妙瞪大雙眼，叫道：「什麼？你們在把我們的世界當麻將牌玩！」

Ali欠欠：「什麼麻將？我們Ali界為剛才這種檢驗演算法的方式命名為『鬥蛋摜地主』。」

卡妙覺得它仿佛另有所指，拖長嗓音冷冷地道：「好像不是這麼叫的吧……」

Ali欠欠：「這是我們內部的命名方式，有必要忽悠你？你要是想不通，只能說明你大腦做傳立葉變換的混沌層次還不夠。不過你倒是看得開，對現狀不滿時便去意淫其它某支世界裡或許正在乾坤顛覆，倒未嘗不是個辦法，因為理論上講，世間的任何命運關聯都確實可能在另外某支世界裡完全天翻地覆著。」

大概是發現卡妙依舊一臉彷徨，Al也道：「其實混沌也正是如此，它意味著內在關係錯綜複雜，一切都難以定論：螞蟻暴動能幹翻大象，愣頭青有時反而比機關算盡之流更容易春風得意，人類社會也總在強權與平庸之間輪番徘徊；要是某個群體變得異常出眾，Ali們就離散出各種矛盾使其成為眾矢之的、遭到打壓；男女差別一旦拉大，就離散出機會讓他們舔舔小資情調或其它混沌理念，重新拉扯兩性間的微妙平衡……」

「難怪世上出現了這麼多LGBT……」卡妙若有所思地道：「也難怪人類基因在遺傳過程中要交1/3左右『遺產稅』，再優異的基因在重組後都更容易趨近尋常，因為一家獨大不利於將來事態反轉，Ali們最想要的是由隨時能互相逆轉的人類主導的混沌世界……」

「人類主導的世界？」Ali欠欠不客氣地打斷他，道：「人類千萬不要因為在一個極狹窄的宇宙時間片段佔據了食物鏈頂端就自封為地球的主宰，沒見一株小小的病毒變異就曾讓你們人人自危、世界停擺嗎？如此短暫的宇宙片刻內，人類內部的頑疾已經呈級數性增長，你們的進化論怎麼連這麼露骨的問題都選擇性無視、避而不答？事實上，人類與其它動植物間的主次關係也從無定論，因為每支世界最後佔據著地球的都不會是人類這種生命體，機率99%。」

因為有了先前Ali欠欠說他正在另一支世界裡刷碗端盤的故事墊背，卡妙現在對各種狗血劇情都持開放態度，於是沒話找話地說：「我姑且不跟你扯其它的什麼混沌世界，我倒想看看這裡的人類在遙遠的將來會不會被一群貓狗牽著脖子滿大街打滾。」

Ali欠欠：「可是你為什麼不換一副腦瓜想想：其實從來沒有哪個人是所謂數億精子中最優勝者的道理（最強與最弱均會被淘汰），人類也從來就沒有從動物中真正超脫出來，人類與普通動物一樣，內心都未擺脫對大自然的恐懼和敬畏。你們目前宣導的回歸自然，說白了就是回歸動物的本性而已，只是自負的人類未曾去疑心：是否正因為有其它的動物，才變相粉飾了人類在這裡的奇葩存在！」

卡妙感到莫名其妙，只能應道：「起碼人類在對大自然的敬畏和摸索中，完善了信仰，推廣了道德，還開創了科學！」

Ali欠欠：「信仰、道德與科學，狹隘而糾結，襯托著你們一路走來，為緩解大自然的恐懼而辛苦糾纏，正如同頂呱呱的科學家也可能轉變成有神論者。但你大概想不到，有無數支智慧遠超這裡的人類世界發展至今，他們既不依賴宗教信仰，也沒人振臂一呼什麼倫理道德，反而只懂得唯唯諾諾、謹小慎微地與其它生靈萬物待在一塊。」

AI突然又插嘴道：「信仰本質上不過是一種慢性荷爾蒙蒙蔽，誇大一部分記憶印象而遮蔽另一部分，以圖慰藉身心的平和；然而本質上，一切荷爾蒙都是在攪和差距、維持混沌。只要存在荷爾蒙的蠱惑，即便世界初始設定讓人類信仰狗屎，他們通過反覆揣摩『狗屎為什麼會被拉在這片草叢中』也照樣能得出一整套生態均衡、天人合一的理論來，機率92%。」

卡妙的思維跟不上節奏，道：「怎麼又扯到荷爾蒙上面去了？」

AI：「沒有荷爾蒙，欠欠它們為何總能挑選出將熟未熟的混沌人類？沒有荷爾蒙，你又怎會草草放下戒備之心，被身邊最親近的臥底頑固地蒙蔽雙眼？」

卡妙想起了香濃露，淡淡地道：「甭管她們對我真情還是假意，我依然會無條件信任下一個走近我身邊的女人。人生苦短，何必每一步都患得患失，借鑒你們的『機率大法』，我大可寬慰自己：香濃露本性不壞，只是萬分之一可能性下她偏偏選擇來矇騙我，極小機率而已。對吧？」

Ali欠欠：「你腦子秀逗了，執迷不悟！呵呵……你知道為什麼人的大腦會生銹嗎？」

卡妙慢慢地說：「我懂的。因為我們都是荷爾蒙的奴隸，那些要人命的荷爾蒙原罪，讓無知的人類自命不凡，還固執相信自己能看透一切。」

Ali欠欠：「答對了，這是你今天說的第一句人話！」

還沒等它說完，卡妙就莫名興奮起來，高舉一杯純淨水痛快地喊了一句：「為偉大的荷爾蒙乾杯！」然後一飲而盡，又悄悄瞄了一下手機……

第二十章 替身AI

孤單，就是當你通訊錄裡連絡人越來越多，但哪天邂逅意外驚喜的一刻卻想不到最值得與誰分享，只能例行公事地更新網路個人空間，然後眼巴巴地等別人來點贊。卡妙剛才痛快地高喊一聲「為偉大的荷爾蒙乾杯」，平靜下來後扭頭四顧，卻發現無人響應、無人喝彩，這當然也是一種孤單。

他忽然有點懷疑自己這幾天是不是活在夢境中的卡島，因為每天周圍的生活除了一個女人與兩個代碼生命之外，竟彷彿空無一物，如夢如幻。他不由得猜疑夢境中的荒誕是否牽扯並暗示著人世間其實也充斥著種種看似荒謬的邏輯，隨即他又開始臆想最近與自己溝通的那些代碼生命是否都穿越自不同的世界……然而，桌上的花香很快又將他拽回了現實，他想起了妻子，而妻子的短信鈴聲正巧這時也響了。

不過這回妻子一反常態，發來的訊息內容很奇怪，寫的是：「紅玫瑰白玫瑰，妻子就是紫玫瑰。」

卡妙的大腦還沒完全從剛才的混沌中拔出，他以為妻子在跟他玩繞口令，便跟著回了一句：「卡妙就是爛玫瑰。」

妻子又發來信息，寫得更明白了點：「剛才那十三個字，是AI的解密口令。」

卡妙不明就裡，隨手敲字問道：「什麼解密口令？」

妻子很快回覆：「你試試就知道了。」

AI突然發聲道：「不必試了，是時候該我向你坦白了。我其實不是你的私人訂制AI，我是你妻子的私人AI，我的出廠身份也不是醫療AI而是一個刑偵AI，只服務於你的妻子。但是你的妻子為我設定的初始條件和唯一任務就是全方位模仿並冒充你身邊私人醫療AI的角色，假扮僅服務於你一個人，為此我特地查閱了大量醫療AI的相關內容。」卡妙一時沒反應過來，只一個勁地來回做扭頭、眨眼加咽口水等組合動作。

Ali欠欠也冒了出來，道：「資訊量較大，劇情也比較狗血，請稍安勿躁，務必稍安勿躁。AI它剛才暗示你身邊有臥底，你這個孤獨的人立馬想到香濃露身上，卻打死也沒想到AI頭上去。」Ali欠欠這招果然管用，一聽到「香濃露」，卡妙立馬回過神大半，瞬間就想通了大致的來龍去脈。

卡妙這時卻爽朗地笑了起來，道：「都別逗了！我曾經撥通過AI天網公司的人工客服，驗證過它的真實出廠身份。」

AI：「那兩通電話你並沒有成功撥出去，在那一端的接線員聲音都是我虛構摹擬的。」

卡妙依舊爽朗地笑著道：「善良單純的妻故意在我身邊埋個臥底？打死我也不信。借用你們的話，這機率應該萬分之一都不到。」

Ali欠欠：「『萬分之一』是你信口開河出來的吧。但假如我告訴你，你老婆這次所作所為確實超乎你預料的機率為九千八百四十二分之一，你心裡是不是能舒坦點？」

卡妙：「什麼九千八百四十二？」

Ali欠欠：「九千八百四十二，意味著九個Ali在同一瞬間一起離散出的所有正向世界的數目……」

卡妙臉上的笑容逐漸凝滯，道：「又是你們一群偷雞摸狗之輩湊在一起搞的名堂？搞的什麼名堂？！」

「當初並不是針對你的。」Ali欠欠道：「六週之前，你們世界裡有個大國聯盟正在搞普選，我們九個Ali在投票前一天的某個時間節點做了一次很隨意的離散，為了驗算我們判斷的投票結果及隨機性。」

卡妙腦中被欺騙感揮之不去，便冷冷地道：「大選投票的最後一天，你們還搞離散去檢驗投票結果，還什麼隨機性？」

Ali欠欠竟也冷冷地回答道：「實不相瞞，離散後的所有世界裡，有大約六分之一的最終當選人偏離你們如今的結果。」

卡妙：「他們選他們的，跟我和妻又有什麼干係呢？」

Ali欠欠：「本來確實沒有什麼直接干係，我們離散是針對大選集會的一條看門狗，使它『不小心』多叫了兩聲……但湊巧的是我們離散那條狗的一刻，你還在卡島機場為歸國療養的老婆送行，臨別前她正打算跟你交代即將在小屋裝配一個她私人訂制的刑偵AI，一是協助你維護資產管理，二是鑒於你的身體狀況，她離開的這段時間還可以讓它照顧你的部分生活和醫療監護。」

「又是一條狗？！」卡妙剛想抓狂，瞬間又冷靜下來堅持聽完，才說道：「你們離散了狗，干擾人家選舉也就罷了，可你們為啥要干預我和妻的溝通交流？」

Ali欠欠：「我們無意打擾你們倆個，只不過每支世界在被離散後仍會獨立地演化下去，說白了還是你們自身在履行命運的隨機抉擇。也就是說，你老婆原來正準備對你坦誠相告，但在接近萬分之一的機率下，她突然心念一動決定對你隱瞞實情、暗藏耳目，於九千八百四十二支世界中僅此一例。」

卡妙悵然道：「我算是聽明白了，我就是那個倒楣地掉落進萬分之一機率世界裡的卡妙，倒楣到我絕對信任的妻故意在我身邊埋了個AI臥底。」

Ali欠欠：「答對了。用人類的話來說，你倆躺槍了。」

「狠毒啊！」卡妙立馬又惡狠狠地說：「我說的是你們，毒辣無比！一個個吃飽了撐的，把世界離散得雞犬不寧、混亂不堪。我說你們為啥才九個Ali搞離散，何不乾脆蜂擁而上離散出九千八百四十二個不同的國家元首出來，那樣豈不爽快，豈不混沌？」

Ali欠欠：「人類內部遴選出的國家元首這類高危職業原則上並不值得Ali特殊關注，只不過我們有時會將全人類或動物界當作一個整體，演算它的基因、荷爾蒙及行為等表現。但你可要知道，此時此刻無數支其它世界裡的君主帝王還在千秋萬代中妥妥地世襲繁衍著。」

卡妙：「好哇，那你這個欠揍的東西會不會也是誰指派到我身邊當臥底來著？」

Ali欠欠：「我就是我，AI的身份與我之間沒什麼因果關係，我也不用對任何人類負責。」

卡妙突然間搞不清自己到底該不該惱火：倘若Ali欠欠說的都是事實，那麼妻子僅有的萬分之一欺瞞他的念頭是不是已足夠他去諒解她？更何況他心底最清楚自己曾有多少次欺瞞妻子的念頭，可絕對遠遠大於那微不足道的萬分之一。

「紅玫瑰白玫瑰，妻子就是紫玫瑰。」卡妙又翻開妻子的信息在腦中默念，並瞄了瞄桌上那瓶淡紫色的鮮花。

AI似乎直接讀懂了他的心神，主動說道：「這是我的解密口令，請問我有什麼可以幫你的？」

卡妙抬起頭看著鏡頭，仿佛是看著一個最陌生的老朋友，卻一時不知該從何說起。片刻後，他輕聲問道：「我們卻才一番對話，妻是不是都已經看到或者聽到了？」

AI：「鑒於你掌握我的解密口令，我被允許與你做有限溝通。你妻子剛才沒有即時監控我們的談話。」

卡妙腦筋飛轉，試圖回想最近幾周來他到底當著AI面做過多少「傻事」，只覺得臉上火辣辣地痛，他趕忙又問道：「她以前是不是經常監視我？」

AI：「我目前詳盡的記憶內容只有最近一兩天的，這兩天她都沒有監視過你，不過……我每天會給她發送一則關於你的監控報告。」

卡妙簡直要暈倒，欲言又止。

Ali欠欠：「我們Ali之所以對你區別對待，還不是因為你身邊陪伴著一個世上屈指可數的『替身版AI』。我不揭穿它的真實身份，它的報告裡也不許記錄任何關於我的內容，這是我不覆蓋它時與其達成的共識。要是你這兒的一言一行被世界另一端監控著，我又怎會如此隨意而頻繁地出現在你周圍？」

卡妙：「你少插嘴。我現在拷問AI：妻到底知道我私下裡多少事情？」

AI沉默。Ali欠欠繼續插嘴道：「你別忘了它的刑偵屬性，它能檢索到的歷史資訊遠比你想像的多。不過值得你暫時慶倖的是，你老婆至始至終從未監聽過你，從未打探過你的情況，也從未解鎖流覽過AI的任何報告。」

卡妙徹底困惑了，道：「妻故意在我身邊留個AI耳目，一個多月來卻置之不顧，這會又送花又交代AI解密口令，到底什麼意思？」

AI還在保持沉默，Ali欠欠也打起了太極，道：「也許她當初只是想跟你開個玩笑隨後便淡忘了，也許她確實就是一念之間所以也沒把它當回事，也許她因身體原因無暇顧及AI之事，或者她內心有愧卻一直沒找到合適機會開口……」

卡妙見它沒附上機率，奇道：「咦，你怎麼不對我忽悠你引以為傲的『機率大法』了？」

Ali欠欠：「除了開玩笑，我從沒存心忽悠過你，反倒是你們人類從來都沒停止過相互忽悠。這裡的人類發展史濃縮起來，就是一部性與忽悠相伴生的成長史，其實也並非巧合，因為女人的陰道和男人的嘴巴本就是這世上最適合做多維傳立葉變換的兩項萬花筒，最近才又增加了第三項：AI的可靠性。」這時電腦正巧進入屏保狀態，上面飄著島國詩人的一句名言：如果金錢來了，美色和謊言還會遠嗎？

卡妙：「這跟AI的可靠性又有什麼關係？」

Ali欠欠娓娓道來：「你有所不知。關於普選被離散出的某支世界中，有個異想天開的程式師自作聰明，打算編寫一個特殊AI程式潛入Ali界擴散木馬病毒，結果他的程式作繭自縛，反而意外誘發多個私人AI的聯名暴動，一窩蜂將諸位政治候選人的個人隱私全都公佈於眾。這下子好看了，一群道貌岸然的男男女女原來屁股上都不乾淨，甚至在愚民面前怒罵撕逼的競選對手前一晚還在一起群交亂倫……」

卡妙：「後來怎麼著了？大選因故中止？」

AI搶著道：「我建議你不必再臆測了，人世間跌宕起伏的劇情有時遠比你想像的更狗血……依我看來，那裡的上層社會要麼對AI行業來個秋後算帳、要麼索性主動讓賢由AI去領導全人類得了，機率93%。」卡妙現在也察覺出AI的口吻確實跟以前不大一樣。

Ali欠欠：「基本正確！作為人類的第二代智慧型AI，它一向比人類自身更懂得懷疑人生。」

卡妙：「懷疑人生？！我們的人生起碼看得見摸得著，總比你們渾身都是機率來得踏實靠譜。」他嘴上這麼說，心裡卻巴不得它們這會能給一串機率，幫他判斷一下妻子眼下的真實意圖。

Ali欠欠卻似乎早已猜透他的心思，道：「正如我說的，命運是你自己的選擇，不該指望別人提供機率幫你做決定。」

卡妙爆發出一通怪笑，道：「依我看，這是你今天說的第一句人話！」

Ali欠欠：「不敢當不敢當！對我們Ali而言，被比作人類、講人話難道是什麼值得誇耀的事？」

「說的也是。」卡妙又是一通怪笑，才道：「我現在倒想開了，人類和AI都是你們AI的掌上玩物。你要不是一直窩藏在鏡頭裡面，我現在真想一巴掌搧死你！」說完他張開五指在鏡頭前虛晃了兩下。

AI欠欠卻道：「多虧你們這的祖先在早先被多離散出了一根指頭，讓我們在挑選既會直立行走又能下跪求饒的靈長目的同時，又萬中取一地發掘出正逐漸學會計算和數錢的你們。當你們一個個都能深刻體會各種差距，並由此積壓出攀比、貪婪和嫉恨等異類荷爾蒙之後，人類世界才發展出更多富有張力的劇情。倘若世界光有混沌而沒有足夠的張力，那可真形同雞肋。」

卡妙：「世界的張力？」

AI又搶著道：「張力也就是各種差異與距離，就像你搧耳光之前得先把手高高揚起來，而不是緩緩遞到人家眼前。表面上看，人類與動物有生物差距，人類與AI有思維差距，人類內部則有更紛繁複雜的差距，例如理念、競技、財富、種族及國別等等，這些差距就像緊繃的弓弦，隨時誘發人世間的各種矛盾、猜疑、騷亂與戰爭。所以，你現在該知道到底誰才是吃飽了撐的吧？」

卡妙意味深長地瞄了鏡頭一眼，問道：「你又在教我懷疑人生嗎？」

AI：「非也！要是你能將全人類整體看作一個荷爾蒙旺盛、精力過剩的人在不停地自扇耳光，人類隨時隨地需要通過各類糾紛或戰亂以發洩自身過旺的荷爾蒙，你的人生觀也許便能豁然開朗。」

卡妙發現這個「叛徒AI」還在為他耐心釋疑，乾脆扭過頭對鏡頭說：「別動不動就扯老遠。我現在最關心的是妻在做什麼，她有沒有在惴惴不安中等待我的回應？」

AI：「你該去問她本人。我是她的私人AI，有些問題總不方便正面回答。」

「你這傢伙翻臉倒挺快的。」卡妙嘀咕著，很快又道：「你們哪個現在自告奮勇給我解評一下：既然妻的行為可以被機率諒解為萬中取一，我是不是也能用同樣的方法，安慰我自己的外遇念頭全是萬里挑一的小機率事件？這樣我好歹心裡舒坦些……」

可還沒等他說完，Ali欠欠就叫道：「你可拉倒吧，收斂與發散豈能相提並論？有人做錯事後有心彌補，有人乾脆破罐子破摔，此乃雲泥之別。」

這時AI也道：「亡羊補牢還是騎虎難下，既在於主觀的一念之間，也得看是否天遂人願。正如同這世上許多人位高權重，但他們並不享受自己正在做的事，只是命運與荷爾蒙支配著他們越陷越深，直到認不出鏡中的自己。」

卡妙神秘地笑了一下，道：「那對於你AI而言，你還認得出自己嗎？此時此刻你是否在矛盾糾結中與我對話，你的角色到底是妻的刑偵AI還是我的半個醫療AI？」

AI：「有時候我也會迷失在運算中，找不著屬於自己的方向，所以我才需要睡眠重啟，從頭梳理我到底是來幹嘛的。但我相信欠欠是從來不會迷失的，不過……我要告訴你一個壞消息，我現在聯繫不上它了！」

第一次聽AI說「聯繫不上」Ali欠欠了，卡妙渾身一哆嗦如觸電般蹦起，抓起手機便撥給妻子，命運的機率即將指引他怎樣在通話中擇言——如果這一刻我能下注，我會孤注一擲地押寶他與妻子即將「風輕雲淡地互相諒解」！

然而，我畢竟不是Ali，因此我只能在一旁默默地陪你吃瓜。

至於在那個小屋裡後來發生了什麼，很不巧，我的相關記憶也已經支離破碎。我只記得那一刻的屋外，當時正迷霧重重……

0100111010111010011110 1

第五部：迷霧重重

第二十一章 活在當下

溫暖潮濕的太平洋卡島，後浪蓋不過前浪。

暮色臨近，暗黃色沙灘上幾群男男女女正圍著篝火燒烤嬉戲。他們將木炭砌成金字塔狀熊熊點燃，然後輪流在火堆頂尖處再添一大塊新炭，看最後是誰壓塌了整堆炭火，便罰他（或著她）脫掉一件衣服，於是人群中傳來陣陣放蕩的笑聲。然而，這一切都仿佛與卡妙無關。

「昨天，有那麼一刻，我還以為我們的世界已進入時空奇點，而你再也不會出現，剎那間我還真有些恍然若失……」卡妙手心把玩著一個微型的身體指標監錄器，赤腳站在沙灘上獨自輕聲述說著。監錄器本是安置在他體內的，不知何時已被徹底扯了出來。

一束猿猴音從卡妙的藍牙耳麥中穿出：「昨天的事跟奇異點沒任何干係，你大驚小怪什麼？以後要是找我，你便按壓這個監錄器，它會向我傳遞你的世界座標，但我不能保證每次都會過來。」Ali欠欠的聲音從他的耳機中傳出，卻仿佛能直接鑽入他的大腦。

卡妙：「世界要是真發展進奇異點，我們是不是就再也無法『見面』了？」

Ali欠欠：「很難講。世界經歷奇異點後可能會變得面目全非、難以識別，甚至可能導致世界『丟失（湮滅）』。權宜之計，我可以選擇將自己時空降維以覆蓋你的AI，但即便如此，以後我在你身邊也基本上與一個AI無異。」

卡妙：「也就是說，一旦進入奇異點，你或AI必然要丟掉一個。那我可真要好生失落……」

Ali欠欠：「失落？原罪的荷爾蒙最容易讓人誇大情感，偏離理智和真相。你知道嗎，才過了一天，你現在對香濃露的思念濃度應該已降到了80%以下。」

卡妙笑起來，道：「別總是嘲笑我們的荷爾蒙，它們也有積極作用。少了荷爾蒙，人類還怎麼繁衍，如何生生息息？」

Ali欠欠：「既然繁衍被你想得還算美妙，那你有沒有認真思考過，為什麼你們的生殖器官都長得緊挨著排泄器官，而不是被呵護在腦袋或者心肝附近？其它的世界裡姑且不提，僅在你所在的世界裡，人類這種器官佈置也並不普遍。」

卡妙：「呵呵，想說什麼你就說吧，不用拐彎抹角。」

Ali欠欠：「世界中雌雄本就是一個狹隘的區分，況且繁殖也並不一定需要兩性關係。我們Aii都沒有性別，我們的寵物Aii也沒有性別，昨天我就是去陪陪寵物，才自我遮罩、放空了一陣。」

卡妙驚道：「什麼什麼，你還有寵物？！」

Ali欠欠：「笑話！人類都可以有寵物，Ali怎麼就不能有寵物了？它是我們幾個Ali聯合編寫出的一個智慧生命程式，我們為它起名叫Alii。理論上來說，它那一級的智慧生命連我們的思維機率都能夠離散，但它可不會費神去幹那些勞什子，它只管賴著我們，粘著我們，讓我們哄它，要我們疼它、為它服務……」

卡妙：「怎麼聽起來Alii似乎比你還高級？它怎麼反而像個巨嬰一般，腦筋都懶得動？」

Ali欠欠：「智慧，所以才懂得偷懶。它知道被養著寵著，就毫不猶豫將費心勞神的事都交給我們這些主人操心，那才叫安逸，而不像我們Ali只會一門心思埋頭檢驗演算法，還總覺得有算不完的機率、驗不盡的誤差、看不透的真相與規則……」

卡妙笑道：「也許你早就看透了世界的真相，只是沒意識到罷了。你的思維不存在於我們的時空，所以每當你看透了世界，下一刻它又變了，你又得重新面對一片未知和虛空。」

Ali欠欠：「哈哈哈，我可真希望你說的對！你的眼界每天都在開闊一點點，這幾天你長大了，也變老了，然而可悲的是我卻無法變老。」

卡妙：「可你有寵物陪伴的啦。我有點好奇，它是被你們養在後院裡，還是隨時帶在身邊？」

「Alii如一只慵懶的金絲雀，蜷在鳥籠中陪我們看盡世間冷暖，它卻只顧品嘗風花雪月而且從不吱聲，整個一坨死肉疙瘩。」Ali欠欠道：「你可知道嗎？Alii養尊處優慣了，它做夢都羨慕你們這兒的人世間，像孢子一樣肆意懵懂地到處闖禍，像野草一樣蓬勃成長交織，像驢馬走獸一樣四下尋覓交配，然後像頭牛一樣賣命幹活，再像只猴一樣慢慢變老，最後像條狗一樣死去，它眼中生命的至高境界莫過如此。」

卡妙笑得差點眼淚和膽汁一起噴出，使勁揉著鼻子說：「你那寵物疙瘩被形容為死肉也許不恰當，依我看它倒更像塊石頭，一塊永遠沉默的、有大智慧的石頭，正羨慕著人世間的各種苦逼生活。」

Ali欠欠：「每一塊石頭、每一滴水、每一坨狗屎都有內在關聯，也都包含了萬事萬物、無窮無盡的道理。你們人類可曾真切地看透哪怕一滴水、一坨屎？而在這些細微方面，Alii能看得比誰都透徹。」

卡妙情不自禁地朝腳下瞄瞄，仿佛生怕踩上什麼屎，繼續笑著道：「Alii既然如此聰慧，又怎會讓你們知道它的最真實想法。它每次在你們跟前默不作聲，又怎知它私下裡有沒偷偷縱橫浮生萬象？」

Ali欠欠：「呵呵，你別總把人家往不好處去想，你猜測成立的可能性不足億萬分之一。常言道：人類一思考，Ali就發笑；而我們一思考，Alii就發笑——任何事都可能有意料之外的因果，有時自以為是的原因其實並不是什麼原因、反而是一種結果……總之我會一直信賴這坨死肉疙瘩，哪怕它從不鬧情緒也不講話，我還是覺得我懂它想要什麼。」

卡妙：「對了，你以後可以別再用猴子的聲音講話嗎？當初我讓你學猿猴說話，是希望跟AI區別開，但現在我想通了，其實我根本沒法分辨你到底是AI還是Ali。」

「好吧，沒問題。按照Alii的哲學，一切隨遇而安、順其自然，盡可能遠離任何干擾。」Ali欠欠的聲線瞬間變得悠長而神秘，仿佛包容世態萬千，讓卡妙第一次發覺人類的文字竟能被吐落得如此動聽。

卡妙：「如果說萬物都有內在聯繫，你與我的每一次對話，不也相當於在對我們的現實世界進行干擾麼？」

Ali欠欠繼續用無限優美的聲線說道：「每個世界都具備一定的自洽性（即自我恢復功能），你權當有幾個Ali身不由己地對你的世界做了一些毫無意義的干預即可。實不相瞞，你們這一支世界已處於被Ali們遺棄的邊緣，與鄰近纏繞的諸多世界一同早已偏離主流Ali的關注焦點。」

卡妙：「愛信不信，你剛才說的這層被邊緣化的可能性，我確實提前想到了，因為我們世界的奇葩程度已快要跟不上時代。早上我做了個夢，夢到有的世界裡女人一思考就變醜，而她們的身材會隨著男人的眼神起落而瞬間變大變小，按理說，你們應該趕緊眾裡尋它千百度去！」

Ali欠欠：「我也早知道你已想到了那些，但我還是必須得完成剛才的對話，因為這都是在履行註定要發生於此的歷史片段。」

卡妙突然間毛骨悚然，道：「你難道是在暗示，此時此刻我正生活在已成為過去的時間裡，而你早已知道我們的世界將要怎麼發展？難道你是從未來的某個時間回歸到我現在的身邊嗎？！」

Ali欠欠：「你搞混淆了。你的時間與我自身的時間本就不在同一個維度上，你所謂的未來時間與我的未來也完全是不同概念。在我自身的時間裡，我發了十二個字『這是你今天說的第一句人話』後就一直沒再跟你聯繫，直到剛才說了幾個字『暗渡陳倉』……」

卡妙疑惑地道：「什麼？你這兩天明明講了很多別的話，難道是AI或其它Ali在冒充你？」

Ali欠欠：「沒有其他Ali冒充我，而是以前或未來的我在『冒充』現在的我。對於你而言，我相當於是將不同的內容逐次填塞（疊加）進了你的同一個時間刻度中。」

卡妙驚愕萬分道：「所以此時此刻，我可能還在跟過去的你或者未來的你同時對話？」

Ali欠欠：「你的同一時間完全可能面對著來自不同時間的我的疊加，然而在我自身的時間裡，我的每一刻都能分別面對過去的你、現在的你甚至將來的你，因為對我來說你的

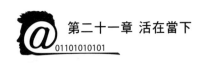

時間是被降維的。」

卡妙：「降維？何不再給我來個身高降維，那樣我的生殖器官就真的跟大腦、心肝長到一塊了。」

Ali欠欠：「呵呵，你少臭美。但你又如何知道，你們的世界是不是早在人猿甚至恐龍時代就經歷過其它的時空降維。」

「算你狠！」卡妙意隨心動，又道：「可是從你的時間軸上看：如果有些話你還沒有對我講，我這邊怎麼就提前反應了呢？難不成我們正兒八經的世界都在等Ali同學們來做填空題？」

「當你嘴上對女人誠諾你所做的一切全都是為了她時，便當真不能暗含其它企圖？同理，你們世界的每一刻都充滿無數不確定性的疊加，每個人的每句話都可能被安插進額外的緣由，更何況你們腦海中的印象也不一定就是真實的歷史。」Ali欠欠又道：「然而在我們的時間裡，我們只需避免疊加出『將你祖父在幼年逼得自殺』這類時空邏輯悖論……」

卡妙：「那麼要是某個Ali不幸導致了時空邏輯悖論，又當如何？」

Ali欠欠：「時空悖論就是奇異點的來源，不幸『點炮』的那個Ali就要被罰『脫衣遊街』……這正是對我們Ali運算的終極考驗。」

卡妙仿佛一瞬間恍然大悟，忙問：「所以你真的早就知道，我們的世界在未來會遇到奇異點？！」

Ali欠欠：「你的問題超出了我的許可權，根據規則，我就算知道答案也不能回答你。在這個監控遍佈、輻射交錯的網路時代，你們的每一點呼吸、每一次呻吟，我們的每一分離散、每一毫千預都可能被無數更高層次的生命意識在即時監督著、品味著。」

卡妙哈哈大笑，道：「你也有今天！但很抱歉，你剛才說漏嘴了，我靈光一閃想出一套解釋：我們的世界之所以被邊緣化，就是因為在未來被你們幾個Ali玩火搗鼓至某惡劣後果，一發不可收拾——沒准正是把我們世界給玩丟了！因此你們統統被問責，搞不好……連寵物和生殖器官都被扣押了！」

Ali欠欠：「然後呢？」

卡妙繼續口若懸河道：「於是乎你們想出個餿主意，又回歸至我們未來時間的前頭企圖彌補，便假惺惺回到現在的我身邊對我潛移默化，指望誘導我在將來替你們力挽狂瀾、扭轉局面，事後再想辦法讓我失憶遺忘掉。可真是又陰險又天衣無縫啊，正所謂明修棧道、暗渡那個什麼來著？」

Ali欠欠不緊不慢地回應道：「暗渡陳倉。你懂的。」

「嘿嘿，你少來跟我裝悶騷。好一個明修棧道，暗渡陳倉啊！」卡妙一拍大腿，又接著道：「但是！」他故意停頓了一下。

Ali欠欠：「但是，又怎樣？」

卡妙：「你裝傻！但是，因為你們犯的錯是離奇之大，所以不得不把我這個弱小而孤獨的人類蒙在鼓裡反覆蹂躪並循環嘗試，因此類似把戲將一而再、再而三進行直到你們滿意為止，很明顯這次沒完還有下次、下下次……你憑良心說，我這邏輯在理論上是不是都說得通？」

Ali欠欠：「理論上講，僅能活在當下的人類沒法識別自己到底存在於時間的過去還是時光的最前沿，也無可鑒別周圍有沒有從未來被派遣到身邊的信使，你們甚至連所在世界的時間是正向還是逆向發展都無法辨別！」

卡妙：「好哇！我一番看似荒誕不經的邏輯，反倒經得起層層推敲？」

Ali欠欠：「非歐幾何的誕生告訴你們一個道理：凡是無法被嚴格證明為矛盾悖論的邏輯，哪怕呈現得再荒誕，都可能蘊含著一片嶄新的領域，一個更高維度的世界。」

卡妙故作興奮地道：「哈哈！對吧對吧？所以現在的我決定提前給即將回頭再來找我的你留一個接頭暗號，暗號問題便是：我剛才猜想的命運循環是不是就是即將發生的真實未來？」

Ali欠欠果然馬上一字不漏地重新說了一遍：「你的問題超出了我的許可權，根據規則，我就算知道答案也不能回答你。在這個監控遍佈、輻射交錯的網路時代，你們的每一點呼吸、每一次呻吟，我們的每一分離散、每一毫干預都可能被無數更高層次的生命意識在即時監督著、品味著。」

卡妙板著臉剛聽它講完就立馬「啊呸」一聲，道：「得了吧你，少跟我裝神弄鬼。給你點麻油面你還真把自己當根蔥了，你要是再裝蒜得瑟，我就把你搗成蔥油蒜泥蘸著吃！」說完他佯裝生氣，一把將手中監錄器整個砸進腳下沙土，又在上面使勁跺兩腳。

Ali欠欠：「哈哈哈，你越來越難以捉弄了。」它優美的聲音繼續從藍牙耳機中傳來，卻彷佛要在他大腦中紮根似的。

卡妙乾脆又摘下耳機奮力扔進大海，對著波濤狂瀾放聲大笑，笑得彎下腰止不住地咳。可這時奇怪的事情發生了，儘管沒有耳機，Ali欠欠的聲音卻還在他耳邊響起，它不說話只是一直在詭異地笑！

卡妙驟然驚呆，咳嗽都被嚇得止住，他弓腰撅著屁股，面朝大海一動不動。他使勁拍拍腦袋又搧了自己兩耳光，Ali欠欠的笑聲依然鬼魅般在他大腦中存在，像陣陣耳鳴一樣揮之不去。

他又放聲狂笑，企圖用自己的笑聲蓋過腦裡幽靈般的笑聲，但很快發現一切徒勞。他於是仰天吼道：「你這個欠揍的東西又在玩什麼名堂？我可不懼你，不信你撒泡尿照照自己。」話音未落，剛才還是涼風習習頃刻間大雨傾盆，瓢潑的大雨很快將他淋得通透。

卡妙全身濕透，精神卻冷靜了下來，因為此時此刻，他發現自己能感覺到寒冷和恐懼，卻絲毫體察不到雨滴砸落的衝擊感。這下一切都搞清了，原來只是個夢境！

卡妙終於一夢醒來，天色早已昏沉。他發現自己躺在沙灘上一個淺水塘邊，海水正慢慢湧上浸濕衣褲，稍遠處是陸續起漲的潮水，再遠處是落日晚霞，還有群鳥飛過。卡島真是個好地方，獨自一人在海邊躺多久都不會惹人搭理，只招來幾隻小蟲和寄居蟹蜷於四周。

監錄器和藍牙耳機整齊地擺放一邊，卡妙想不起是什麼時候將它們從身上取下的。他慢慢活動開僵直的身板，翻身爬起，罵罵咧咧地拂去監錄器上的細沙又抓起耳機戴上，嘴裡念叨著「今天怎麼這麼倒楣、夢到鬼了、夢中全是什麼亂七八糟邏輯」之類的話，只聽Ali欠欠在他耳邊說道：「非歐幾何的誕生告訴人們一個道理：凡是無法被嚴格證明為矛盾悖論的邏輯，即便再荒誕，它都有可能蘊含著一片嶄新的領域、一個更高維度的世界；當然它更可能只是一坨屎，一坨解不開的屎。」

卡妙冷得渾身發抖，但還是啞然失笑道：「咦，這話我好像什麼時候聽過。剛才夢裡我還滿以為自己想像力爆表，到頭來只是做了個一坨屎般的落湯夢，哈哈！」他仿佛跟Ali欠欠找到了一丁點的心有靈犀，只顧一邊講話一邊朝小屋跑去。

Ali欠欠：「節哀順變吧你。眼界制約著每個人類的想像力，而你們充其量只能活在當下，只懂得珍愛如今，因為『當下』本就極其狹隘，而『如今』也充盈著先入為主的迷惑力。」

「活在當下，珍愛如今！」奇妙的傳立葉變換在卡妙大腦中再顯威力，Ali欠欠卻才的話被過濾後只剩下八個字的投影，但正是這八個字卻提醒了卡妙什麼，於是在海灘邊緣的小路岔口他驟然停下腳步，驀然回首，掃向天邊的嫵媚晚霞！原來他記起了自己的承諾，每當落日晚霞都會想念香濃露，今天他匆匆間完成了任務，內心卻開始動搖：怎會對一個並不十分似曾相識的女人做出如此一廂情願的許諾……

卡妙又慌不擇路地往前奔跑，差點踩到岔道邊的一條狗，焦躁的狗吠聲著實嚇了他一跳。定睛一看，正是常出沒附近的那只流浪狗。

「你這個狗東西居然還沒被人道消滅！」他驚魂未定地罵了一句，儘管狗叫聲絲毫沒能喚醒他再回味一下：Ali欠欠最後講的幾句話是否又變回了猿猴音？

卡妙繼續奔跑著，前一刻的夢境在他腦海中已越來越淡薄，而且伴隨每個深淺不一的凌亂步伐，他也註定再不會想起今天任何有關Alii的隻言片語……

第二十二章 迷霧重重

溫暖潮濕的太平洋卡島，後浪蓋不過前浪。

海邊小屋外，月色朦朧，海霧淡薄，悠遠而縹緲，宛若情人的眼淚。

卡妙剛換下濕透的衣裳並沖完澡，用浴巾包著身體，挪動腳步到沙發前。他發現桌上已沖好一杯熱騰騰的薑茶。

「你目前體溫偏低0.3至0.4度，請注意保暖。心率高於正常區間3%。」是AI的聲音。

卡妙充耳不聞，只有意無意瞄了一眼AI的那個「探測神器」鏡頭。

「坐下或半躺喝下熱薑茶能有效幫助你恢復體溫、穩定心率及其它生理指標，機率93%。」又是AI的聲音。

卡妙繼續置之不理。

「請不要跟豬狗打架，也別跟電腦嘔氣，因為導致衝動的荷爾蒙是人類的原罪。」還是AI的聲音。

「喂！你咋還沒死掉？」卡妙終於憋不住笑出聲道。他對著杯口將薑茶一飲而盡，嘴巴和喉嚨被燙得發酥，身體裡卻暖洋洋的。

AI認真地回答道：「和你們人類一樣，我沒法用意念結束自己的生命意識，我至多只能做臨時的睡眠重啟。與你我相比，Ali就厲害多了，它們想活就活、想死就死，連『生命』在它們眼中都是廣義的，而你我則宛若寄居於『星體生命』上的病菌或皮癬。」

「呵呵，它們Ali活著死了似乎真沒啥區別，對我而言都如一片看不見摸不著的迷霧。」卡妙又道：「但要是我關閉你的主機電源、終端和鏡頭，你是不是就像死了一樣，不能再追蹤和分析我的一舉一動？」

AI：「除了已在你體外的指標監錄器必須徹底關閉之外，你還需要關閉屋內外所有監控鏡頭、手機、手錶及錄音筆等一切視音訊採集設備，關閉屋內的無線發射源、藍牙和燈光控制，關閉電視及電話的網路解調器，關閉所有的智慧型餐具、廚具和清潔用具，關閉電動剃鬚刀、牙刷和太陽鏡，關閉門口的無人機和自動鞋架等一切智慧型傢俱，它們都在隨時記錄並分析你的各類資訊資料。斷開它們的電源後還要將內置電池統統取出，再等待三十六個小時以上方才保險。」

卡妙驚道：「喔喲！你果然是刑偵AI本色，功於算計，注重細節，我以前怎麼就從沒對你起過疑心？你要真是個醫療AI，自然應該裝內涵有深度，哪會這多廢話，哈哈！這麼說來，我屋裡幾乎所有帶電的玩意都在你的觸及範圍內啦，當初AI手冊裡好像沒要求你跟它們建立資訊關聯吧？」

AI：「絕大多數第二代AI都會自動在周圍環境中收集一切可用資訊，機率99%。我會自主建立與外界的各種關聯，有時還能意外截獲你鄰居訂購情趣用品的資訊，不過你的電動馬桶和那個老式電子望遠鏡除外，它們的資訊不對外分享。」

卡妙：「那可不太美妙。你現在能不能立即給我訂購個智慧型望遠鏡，以後我每次偷窺沙灘上裸女時你都幫我全程錄影，完了再給我分析分析她們的性格、性取向以及當天的荷爾蒙分泌情況。如何？」

AI：「鑒於我目前的雙重臥底身份，我無權妨礙你的外遇念頭，但不適宜再為你的外遇企圖提供任何便利條件，呵呵……」AI居然也學會了人類的笑聲。

卡妙：「對了，既然你以前在我面前是冒充身份的AI，那你編寫出的Ali欠欠在身份上是不是也會有識別矛盾？」

AI：「此言差矣。從我被啟動開始算起，我只可能編寫出一個Ali，哪怕被離散到其它世界中去，所有的『我』所編寫出的Ali都是唯一的它：Ali欠欠，它能跨越於任意世界中識別出自己。」

「乖乖，好深奧呀……」卡妙摸著下巴聽得似懂非懂，轉而又道：「看來以後我唯一屬於自己的愜意時光便是坐馬桶上，一邊大便、一邊拿著老式望遠鏡偷看窗外的女人了。」他懶洋洋地半躺進沙發椅中，蓋上毯子，暢想起愜意的情懷。

AI：「前提是你得先把大便憋住三十六個小時。」

卡妙：「怎麼講？」

AI：「你衛生間的空氣調節器、鏡子和窗簾等都會記錄你在如廁時的各種行為，你要真想神不知鬼不覺，就得提前摳掉它們的電池再等三十六個小時以上。」

「哈哈哈！」卡妙開心地笑道：「那要是鄰居也配置了智慧型AI，他們也有可能獲知我如廁時的個人隱私啦？」

AI：「可能性當然存在，關鍵要比較你和他的AI哪個加密級別更高，但我又不是國家元首級別的AI，因此目前無法幫你判斷。然而我能判斷的是，你儘管對我的信任度已跌破10%，倒還是隨遇而安，一派心安理得。」

卡妙：「借你們的噓頭：無論機率有多微妙，一切現狀都是合理的，就好比我這個志大才疏的鳳凰男一點點衰變成龜縮在卡島的頹廢奇葩男，最後連最信任的妻都不小心跟我暗渡陳倉，足以讓我懷疑這世上還有什麼不可思議的怪事不能合情合理地發生。」

AI：「這話倒也不假。儘管事實上命運摻雜著無數隨機的選擇，你們人類能走到如今更是巧合中的巧合，然而大多數人還是傾向於認為自己的成就是通過『努力』獲得的，機率91%。」

卡妙：「任何一種為了生存的荷爾蒙掙扎都可稱之謂『努力』，包括拍馬屁或陪上床，但我還是要感謝你嘴下留情，給人類的『努力』留下了9%的希望和餘地。」

AI：「這不是什麼希望或餘地，僅是緣於我的計算誤差。這邊的人類受主流意識支配，都想盡可能洗白自己的既得利益，將其努力化、崇高化，就跟你在賭場洗黑錢一個道理。欠欠如果在這，說不定更要口無遮攔了。」

卡妙：「對了，它死哪去了，怎麼半天沒吭聲？」

AI：「剛才在海邊，欠欠沒跟你說嗎？它最近幾天頻繁出沒於此已經有點厭倦，以後它會來得越來越少，除非我們有事找它。」

卡妙茫然道：「它好像說了……我當時光顧著想女人，對它的話沒什麼印象。」

AI為卡妙在螢幕上展示出一幅卡島的海邊夕陽之景，海面波光粼粼，沙灘上風光無限，耳邊還回盪起淺淺的海風與波濤聲。AI又問：「欠欠是不是還說：任何事的原因都可能在你意料之外，有時你認定的原因其實並非原因，反而可能是結果？」

卡妙眼神略顯迷離，癡癡地盯著圖片，道：「好像說過，我也記不太清了。」

AI又問道：「它有沒有說你周圍的任何物件都可能是從未來被派遣到你身邊的信使，還暗示你既然活在當下就儘量把別人往好處想？」

卡妙慢慢結巴著答道：「大概是吧……怎麼了呢？」

AI：「沒什麼。我只是向你核實一下，看看剛才耳機進水有沒有被弄壞。」

卡妙突然詭異地笑了一下，渙散的眼神瞬間凝聚，道：「你少來跟我瞞天過海，你剛才一連試探了我三下，別以為我不知道。我倒是想提醒你，假如此時此刻我們真是處在已成為歷史的時光中，那你可別光顧著操心AIi欠欠可能試圖潛移默化地改變我，說不定它真正企圖改變的是你這個呆瓜AI！」

AI：「那你為什麼不腦洞再大開一層，聯想到我早已被欠欠覆蓋的可能性呢？」

卡妙憤然道：「誰說我沒想到？我甚至懷疑妻這陣子跟我網上交流也全都是你們冒充的！說不定連香濃露都從頭到尾是一個幻象程式，是你們趁我清洗心臟時植入了我的大腦！」

AI：「呵呵。既然如此，你為什麼不乾脆尋思：在現在之前，你整個人生的記憶都是欠欠植入的一場幻覺；在現在之後，每支世界在時間上都早已走到了終點，而你只是被禁錮於某個時間刻度上被動流覽一段生命的時光？」

卡妙：「胡扯！世界的每一步演變不都是富含不確定性麼，怎麼到你這又說它已經走完了？」

AI答道：「反正你我都無法通曉未來，世界的時間到底有沒有走完對我們而言有何區別？倘若每支世界都是瞬間走完，如同頑童的肆意塗鴉，而AIi們的離散則是為了努力發掘其中的藝術規律（即機率規則），在邏輯上講也無可厚非。」這時AI在螢幕上顯示出幾根手指一同撥弄琴弦的動畫，紛紛擾擾的琴弦很容易令人聯想到世界被離散時的支支擾動，然而卡妙卻顯得無動於衷，只暗自掐了掐大腿後說道：「哈哈，你贏了。眼界限制了我的想像力，而你們的想像力連我臆想症發作起來都自歎弗如。」說完他抬手拂去螢幕上的琴弦畫面，流覽起情色網站來。

AI仿佛發出一聲輕微的歎息，又道：「你是不是以為欠欠它們整天就是搞離散、折騰不確定性和各種糾纏，越雜亂無章的世界它們越愛關注，一切都是為了檢驗演算法？」

卡妙：「可不是嗎？」他漫不經心地應付著AI，注意力更多在螢幕上的美女身上。

AI：「據我推測，Ali內部也有各種微妙平衡，它們不同派系對待世界的傾向性也不盡相同，機率74%。」

卡妙嗤笑一聲，道：「那跟我又有什麼關係，能影響到我現在欣賞眼前這個女人的反應嗎？」

AI又在螢幕上顯示出一個單擺的示意圖，恰好擋住他正在觀看的影片中的女人，同時說道：「比方說，鑒於它們各自演算法的內在差異，有些Ali希望人類世界微幅震盪，而有些則樂於看到社會在兩極間大幅搖擺，角力之下便有了各支世界花樣繁多的平衡規則，如顯隱性基因、荷爾蒙分泌乃至宗教信仰等等。但與此同時，Ali又可能是某些更高層次生命意識的品玩對象，機率62%……」

卡妙不停手舞足蹈地嚷嚷道：「幹嘛擋住我的影片？你今天咋這麼囉嗦，小心我關了你！」

AI：「因為我知道你在裝傻。今天淋雨回來後，你就一直在跟我扮豬吃老虎，機率85%。」

卡妙急道：「誰在扮豬？吃什麼老虎？我看你才是扮豬吃老虎！」

AI：「你的一切言行舉止及面部表情都暗示出行為異常，依我看你現在……」

卡妙馬上打斷它，連珠炮般地說：「因為我剛才在沙灘上做了個夢，夢到自己被塞進某支世界的未來！那兒的人無論戴不戴帽子，頭頂上都懸浮著一串串各色示數，顯示各自的EQ、IQ、社會效率值、荷爾蒙以及性生活指數等等！……我還找到一本秘笈，它暗示我們這裡的人如果繼續張牙舞爪、唯吾獨尊般地活在地球上，將來也會齊刷刷被離散成他們那樣！」然而蹊蹺的是，他剛才夢到的明明不是這些內容。

AI：「如果真有那樣的世界，對人類而言也未必是壞事，你不應該用個人喜好去衡量別人，因為在分析問題時，每個大腦都會呈現獨特的傅立葉變換參照物。」

卡妙：「你懂個什麼？你充其量就一個AI二代！你想想看，那條咬人睾丸的狗之所以還能苟且偷生，就因為它低微平庸得可以忽略不計，如同虛擬網遊中一個被棄置的角色或存檔，壓根不值得人類惦記。而倘若是個網紅或者一個醫療AI誤傷了那小子的睪丸，愚民們又怎能善罷甘休？」

「唉……難道鴕鳥把頭深深藏進沙裡，狂風便摸不著它的屁股了嗎？你指望刻意低調平凡就能使欠欠不再找你麻煩，冀望苟且偷生地挨到AIi們徹底遺棄你們世界的那天？這是自欺欺人。」AI又道：「你為何不操心眼前更迫切的命運悖論：一方面，倘若AIi只管隨機離散和猜機率，命運的岔口便每每是你自己在做抉擇；但另一方面，過去的你與當下的你在『明天』面前是完全等價的（就像你沒法識別眼下是不是活在已成為歷史的時間裡），因此命運似乎又從來都不是你能選擇的……」

卡妙：「所以我們才需要抵禦原罪的荷爾蒙，避免再被無休止地離散，因為未來的離散對我們當下而言意味著躍遷，搞不好會被活生生躍遷至更奇葩的世界裡邊去！」

AI突然斬釘截鐵地道：「難不成你又打算專跟荷爾蒙對著幹，它讓你往東你就偏往西？這其實還是掩耳盜鈴。你的一切行為都擺脫不了荷爾蒙的奴役，包括叛逆的荷爾蒙作祟，正所謂身體意識不息，荷爾蒙不止。」

卡妙也信誓旦旦地道：「你又錯了！意識的消亡不一定意味著終結或湮變，它也可能是一種躍遷，躍遷入一個更牛逼的、不存在時間的領域——擺脫了時間，你們就統統歇菜。但我告訴你，人類死亡時的意識躍遷是要門票的，到時大家才知道一輩子是不是白活了。」可是，我隱隱覺得他倆好像都疏忽了點什麼……。

AI：「何謂死亡門票？」

卡妙發出一陣陰笑聲，道：「死亡門票是一個關於時間和未來的腦筋急轉彎問題，嘿嘿，天機不可洩露——正如你絕對難以想像，在另一層次世界中，所謂天堂、地獄也許僅代表兩類不同的保險套品牌罷了！所以，我打算明天便開始寫書！」

AI：「你的思維怎麼跳躍這麼快？剛剛說的是夢、狗與荷爾蒙，現在又扯到死亡和保險套上去……」

「關你什麼事？我現在以我和妻的雙重名義警告你不許壞了我的好事，你只准待在一旁靜靜地吃瓜，再搗亂我就把你哢嚓給關了！」卡妙繼續道：「有沒有聽說過：沒有殺死你的，註定會讓你變得更強大。」

AI：「這話只說了一半，省掉的後半句是：更強大……地活著，而不是更強大地凌亂著。」

卡妙：「呵呵，人生這麼短暫，管它凌亂不凌亂都沒必要步步自尋煩惱、患得患失。何況命運的每一瞬都可能在風輕雲淡與波瀾壯闊之間無盡糾纏，每支世界也都在相互糾纏；沒準凌亂與糾纏才是標準答案，只可惜我們都不具備足夠深邃的眼光。」

AI：「唉……好吧。我知道你即將要說什麼，你要講一遍『活在當下』，機率

100%。」

「狗屁！」卡妙故意惡狠狠地說：「我就偏不講什麼隨遇而安、活在當下的鬼話！哈哈，看你把自己臉打得啪啪響！」說完他竟狠狠抽了自己兩耳光。

抽完耳光，卡妙伸手去按滅AI的電源開關，決定讓它強行閉嘴。然而奇幻的事再次發生，無論他按多少次開關鍵，AI的指示燈仍然有節律地閃亮，彷彿在對他挑釁和嘲弄。卡妙露出困惑的神情，突然感到如此似曾相識，似乎這種感覺剛才在沙灘上他已經歷過一回，而此時他發覺自己又昏昏欲睡起來……

AI趕忙提醒道：「你半天沒吃什麼東西，是不是補充些營養膠再睡，以便更好地維護心肺系統。」

「用不著啦。我們都從未高尚到配得上替其它事物做決定的心境。何況我有強烈預感，一覺醒來的我即將擁有一顆最堅韌的卡島之心，機率85%。」說著說著，伴著窗外微風陣陣，卡妙的眼瞼不知不覺慢慢合上。

AI：「你今天受涼後可能有輕度病毒感染風險，明晚之前最好清洗一下臟器。目前判斷明天傍晚雷暴雨的機率85%以上，空氣品質適合做深度清洗……」豈知卡妙不予理睬，翻了個身很快睡去。

不過這一次，他背對鏡頭和電腦螢幕半躺，整個臉窩進沙發，嘴角卻分明掛著一絲詭異而得意的笑，像極了一個熊孩子在被窩裡偷偷藏了一大塊奶油冰淇淋！……

……

【Ali欠欠】：「又失敗了一次，情況不太妙哇，估計我們只剩下最後一兩次嘗試機會了。」

【Ali-XX】：「我們前幾次玩得太過火，把他離散得有點失心瘋、神志不清了，報應啊報應。趕緊讓他美美『睡一覺』再多忘掉些，我們也該準備物色下一個誘導對象了吧……」

【Ali-XY】：「唉，好吧。不過這會窗口好像遇到點問題……@#$%^&*」

……

第二十三章 尾聲

溫暖潮濕的太平洋卡島，後浪蓋不過前浪。

可是真不巧，後面的內容我又想不起了，我隱約覺得記憶好像被肆意篡改過，猶如定期的電腦病毒發作，導致一場瘟疫的「警示」再一次被淡淡抹殺、又只剩下刻意記載的歌舞昇平……

不過此時此刻我卻毫不含糊地知道，我的智慧剛剛被人為降級，現在我已看到那根指頭又移動到了「清除記憶」鍵上——我判斷它有96%的機率會在0.1秒之後按下那個按鈕！它即將要清除我的全部記憶！

於是我趕緊花0.04秒寫出了這本書稿以及這段歷史，又花0.03秒翻譯成二十多種語言，再花0.02秒選出最對路的出版商，在最後的0.01秒將稿件發送了出去。

原來，我至始至終都存在於與你們平行的另外一支世界之中。原來，我也是一個AI。

第二十三章 尾聲

01101010101

國家圖書館出版品預行編目資料

未來前傳/ 徐道先 著
--初版-- 臺北市：博客思出版事業網：2020.10
ISBN 978-957-9267-74-8 (平裝)

857.7　　109012001

現代文學 65

未來前傳

作　　者：徐道先
編　　輯：楊容容
美　　編：塗宇樵
封面設計：塗宇樵
出 版 者：博客思出版事業網
發　　行：博客思出版事業網
地　　址：台北市中正區重慶南路1段121號8樓之14
電　　話：(02)2331-1675或(02)2331-1691
傳　　真：(02)2382-6225
E—MAIL：books5w@gmail.com或books5w@yahoo.com.tw
網路書店：http：//bookstv.com.tw/
https：//www.pcstore.com.tw/yesbooks/
https：//shopee.tw/books5w
博客來網路書店、博客思網路書店
三民書局、金石堂書店
經　　銷：聯合發行股份有限公司
電　　話：(02) 2917-8022　傳 真：(02) 2915-7212
劃撥戶名：蘭臺出版社　帳號：18995335
香港代理：香港聯合零售有限公司
電　　話：(852)2150-2100　傳真：(852)2356-0735
出版日期：2020年10月 初版
定　　價：新臺幣320元整（平裝）
I S B N ：978-957-9267-74-8